Nina Petrick

ZWEIMAL MARIE

Mit Bildern von Ute Krause

BÜCHERGILDE GUTENBERG

KAPITEL 1

In dem man von Hamburg nach Tihany reist.

Es ist September 1989, als die zehnjährige Anne Bergmann aus Hamburg-Eppendorf mit ihrer Klasse, der 4 a, nach Ungarn fährt. In Ungarn werden sie direkt am Plattensee in Tihany wohnen.

Anne und ihre beste Freundin Julia freuen sich schon seit Wochen darauf. Sie haben sich auch ein bisschen vorbereitet und schon mal ein paar ungarische Wörter gelernt.

»Eine ulkige Sprache ist das ...«, findet Anne.

»Ja, diese vielen i und ö und ü!«, antwortet Julia. »Weißt du übrigens, was danke heißt?«

»Klar, *köszönöm*!«, sagt Anne und lacht. »Ich finde, das klingt viel lustiger als deutsche Wörter, genau wie *kérem*, das heißt bitte.«

Es ist Julias und Annes erste Klassenfahrt überhaupt. In Ungarn sind sie beide noch nie gewesen. Dafür war Anne schon mit ihrer Mama in Griechenland, Italien und Frankreich. Annes Mutter ist Journalistin. Sie arbeitet für Zeitschriften und einen Fernsehsender, dort ist sie für ein Frauenmagazin zuständig. Sie steht aber nicht vor der Kamera.

»Ich bin die Frau im Hintergrund, diejenige, die die Fäden in der Hand hält!«, sagt sie immer.

Annes Mutter verdient mit ihren Artikeln und Reportagen sehr gut. Und die Miete in der WG, in der Wohngemeinschaft, in der sie wohnen, ist nicht besonders teuer, gemessen an den üblichen Hamburger Mieten. Annes Vater lebt seit ihrer Geburt nicht mehr. Anne hat daher auch keine Erinnerung an ihn und vermisst ihn auch nicht.

»Wie soll ich jemanden vermissen, den ich nie kennengelernt hab?«, fragt sie sich. Manchmal sehnt sie sich aber nach einem Vater. Nach jemandem, der Sachen mit ihr unternimmt, wie zum Beispiel Drachen bauen oder im Winter Schlitten fahren. Für so etwas hat Mama keine Zeit oder vielleicht auch keine Lust.

Dass Anne gerne eine *normale* Familie hätte, mit Vater, Mutter, Kind, so etwas denkt sie besonders dann, wenn zu Hause mal wieder alles *drunter und drüber* geht. Wenn Mama vor lauter Arbeit nicht mehr ansprechbar ist, nur noch gestresst an ihrem Schreibtisch sitzt und arbeitet und keine Zeit für sie hat.

Anne und ihre Mutter wohnen in der WG zusammen mit Antonia, die alle Toni nennen. Sie arbeitet als Übersetzerin und hat eine vierjährige Tochter, Evi. Außerdem lebt noch Andreas bei ihnen. Er ist Fotograf und wohnt in dem großen Erkerzimmer neben der Küche. Seine Fotos, besonders die Schwarz-Weiß-Aufnahmen, haben sich mit der Zeit in der gesamten Wohnung ausgebreitet und hängen an den Wänden, liegen auf den Tischen, Stühlen und manchmal auch auf dem Boden. So, als wäre es seine Wohnung und die anderen nur zu Besuch hier.

Annes Mutter behauptet, Annes Oma habe ihr halbes Leben hinter dem Herd vergeudet, das könne, wolle und müsse sie sich nicht auch antun. Daher geht sie mit Anne oft essen. Natürlich findet Anne es schön, in ein Lokal zu gehen, die Speisekarte zu studieren und sich dann für ein Gericht zu entscheiden, um es bei aufmerksamen, höflichen Kellnern zu bestellen. Aber sie mag es auch, wenn sie mit den anderen in der großen, gemütlichen Wohnküche gemeinsam kochen, essen und über alles Mögliche reden.

Obwohl Anne dünn ist, isst sie nämlich gerne und viel. Zum Glück kocht Andreas gut und Toni auch. Zum Abschied hat es gestern in der WG ein großes Essen mit Rouladen und Klößen gegeben. Und Andreas hat erzählt, dass man in Ungarn Serviettenknödel isst. Dabei wird die Knödelmasse in eine Stoffserviette gewickelt und in heißem Wasser gegart. Komisch, dass sie jetzt beim Abschied an Klöße und Knödel denken muss. Anne grinst.

Gleich ist es so weit. Das Gepäck ist bereits im Busbauch verschwunden. Ihr Lehrer, Herr Kleinmann, zählt die Kinder. Es sind fünfundzwanzig. Niemand fehlt. Mama drückt Anne noch einmal fest an sich. Sie küsst sie, drückt sie wieder und wickelt sich Annes blonden, langen Zopf zärtlich um die Finger. »Ich werd dich vermissen! Meine große Tochter! Schreib mal – und lass es dir gut gehen!« Sie lässt Annes Zopf los. Eigentlich muss sie sofort weiter zu einem Termin. Wichtig, wichtig. Aber das sind Mamas Termine ja immer, denkt Anne.

Die Mutter wartet dann aber doch noch, bis Anne in den Bus steigt. Sie winkt mit beiden Händen. Anne klebt mit ihrer Nase an der Scheibe und winkt auch. Sie sieht zu, wie ihre Mutter und die anderen Eltern immer kleiner und kleiner werden, bis es aussieht, als ob sie in ihr altes Puppenhaus passen könnten.

Komisch wird das sein, zehn Tage ohne Mama – und ohne die WG. So lange sind ihre Mutter und sie noch nie voneinander getrennt gewesen. Für Traurigkeit bleibt aber keine Zeit.

Julia sitzt neben Anne, kneift sie ins Bein: »Mann, das wird toll! Toll! Ich freue mich so auf Ungarn!«

Anne freut sich ja auch.

Der Busfahrer, ein Mann mit nass zurückgekämmten Haaren und dickem Bauch, pocht und klopft auf sein Mikro, bis es nicht mehr so knackt und rauscht: »Herzlich willkommen an Bord. Ich bin Heinz. Wenn ihr alle da seid, kann's losgehen! Seid ihr denn alle da?«

Wie im Puppentheater krähen alle »Ja!«. Das scheint das Startsignal für eine Kassette von Heinz zu sein. Sie hören *Looking for Freedom* von David Hasselhoff und andere, ältere Songs wie *99 Luftballons* von Nena – und alle singen mit, auch ihre beiden Lehrer Frau Brandt und Herr Kleinmann.

Sie sind mittags in Hamburg losgefahren und haben mittlerweile eine ganz schöne Strecke zurückgelegt. In Hannover machen sie die erste Pause, danach geht es weiter über Nürnberg und Passau. Sie passieren die Grenze nach Österreich. Dort stehen die Grenzer aber bloß am Übergang, ohne jemanden genauer zu kontrollieren. Sie winken die Autos und Reisebusse mit gelangweilten Gesichtern einfach durch. Und Heinz kommt immer mehr in Fahrt, er hört mittlerweile italienische Schnulzen und schmettert laut mit: »*Ti amo, ti amo …*«, während er sie weiter bis nach Linz fährt. Dort halten sie und essen an einer Raststätte. Es gibt zu weich gekochte Spaghetti mit Tomatensoße. Außerdem lernen sie Hans, ihren zweiten Busfahrer, kennen. Weil sie die ganze Nacht durchfahren werden, sind zwei Fahrer notwendig.

Anne und Julia nennen Hans heimlich Heinz den Zweiten, da er eine ähnliche Frisur und auch so einen dicken Bauch wie

Heinz der Erste hat. Heinz der Zweite hat aber leider andere Vorlieben als Heinz der Erste. Er besitzt keine Kassetten und mag auch nicht singen. Beim Fahren möchte er seine Ruhe haben, Kaugummi kauen und dazu literweise Cola trinken. Heinz der Erste schläft unterdessen hinten auf den vier zusammenhängenden Sitzen und schnarcht dabei so laut, dass man es im ganzen Bus hören kann.

»Der Arme, er ist bestimmt erschöpft«, sagt Frau Brandt mitfühlend. Frau Brandt ist Annes Lieblingslehrerin. Sie unterrichtet Deutsch und Englisch und kann die schwierigsten Dinge so erklären, dass sie auf einmal ganz einfach erscheinen. Außerdem hat sie meistens gute Laune, und wenn sie lacht, klemmt sie sich ihre blonden Haare gerne hinter die Ohren.

Herr Kleinmann, der im Gegensatz zu seinem Namen groß ist, bestimmt ein Meter neunzig, und an der Schule Musik und Sport unterrichtet, ist ein sehr vorsichtiger Mensch. Vor und nach der Raststätte zählt er sie alle sicherheitshalber zweimal durch. Auch beim zweiten Mal fehlt niemand von den fünfundzwanzig Kindern. »Ich trage schließlich die Verantwortung für euch!«, erklärt Herr Kleinmann und seufzt, als wäre die Verantwortung für zehnjährige Kinder ein zentnerschwerer Rucksack auf seinem Rücken. Anne ist froh, dass ihre Mutter nicht so ängstlich ist wie der Kleinmann.

Mittlerweile ist es Nacht geworden, und die meisten Kinder schlafen. Der Bus brummt gleichmäßig wie eine Riesenhummel durch die Dunkelheit. Es ist gemütlich und gleichzeitig aufregend, darin zu sitzen und an die nächsten Tage zu denken.

In Ungarn soll es immer noch wärmer als in Hamburg sein,

etwa dreiundzwanzig Grad. Das stand auf jeden Fall in der Zeitung. Vielleicht kann man ja sogar noch im Plattensee baden! Anne lehnt sich im Sitz zurück. Sie kann jetzt unmöglich schlafen. Sie fühlt sich kribbelig, als hätte sie Kohlensäure im Bauch.

Zum Glück ist Julia auch wach. Seit zwei Jahren ist sie Annes beste Freundin. Dabei konnten sie sich damals, als Julia neu in die Klasse gekommen ist, absolut nicht ausstehen. Julia war nach der Scheidung ihrer Eltern mit ihrer Mutter nach Hamburg gezogen. Sie vermisste ihren Vater in Frankfurt, den sie nur noch selten treffen konnte, und gab ihrer Mutter die Schuld daran. Julia war entschlossen, alles und jeden in Hamburg zu hassen und schrecklich zu finden.

Als Anne und Julia für eine Weihnachtsfeier gemeinsam eine Szene einüben sollten, begannen sie sich bei der Probe zu streiten und zu schubsen, gegenseitig die Haare auszureißen – es waren »nur« die blonden Engel-Perückenhaare – und sich ineinander verkeilt auf dem Boden herumzuwälzen, sodass Herr Kleinmann und Frau Rosebund sie nur mit aller Kraft auseinanderzerren konnten. Danach hatten sie sich beieinander entschuldigt und mussten beide plötzlich lachen. Seitdem waren sie beste Freundinnen.

Anne und Julia gucken aus dem Fenster, obwohl man in der Dunkelheit draußen fast nichts sieht. Ab und zu nur ein paar vorbeifliegende Lichter der Straßenlaternen, mehr nicht. Die Dörfer, oder besser ihre Bewohner, scheinen im Tiefschlaf zu liegen.

Frau Brandt spaziert durch den Gang und prüft, ob alles in Ordnung ist. »Na, ihr beiden. Könnt ihr auch nicht schlafen? Wir erreichen jetzt gleich die ungarische Grenze in Sopron.«

Als hätte Heinz der Zweite bloß auf das Stichwort gewartet, hält er in diesem Moment an. Anne sieht neugierig aus dem Fenster, aber die grellen Lampen an einem Häuschen blenden zu sehr, um etwas erkennen zu können. Schnaufend öffnet sich die Bustür, vor der schon zwei Grenzsoldaten in tannengrünen, eng anliegenden Uniformen warten. Herr Kleinmann hält die Ausweise und Visa von allen für die Kontrolle bereits in den Händen. Auch eine Namensliste hat er vorsorglich dabei.

»Jó estét!«, sagt der eine Grenzsoldat freundlich zur Begrüßung und tritt ein. Das heißt guten Abend, erinnert sich Anne. Und während der Grenzsoldat jeden Ausweis und jedes Visum sorgfältig anschaut, prüft und mit der Namensliste vergleicht, schreitet der andere Grenzer durch die Reihen und leuchtet mit seiner Taschenlampe in die Gesichter der Schlafenden und sogar auf den Boden, als erwarte er, dort jemanden in seinem Versteck aufzustöbern.

Nach einem »Jó éjszakát!« – das bedeutet gute Nacht auf Ungarisch erklärt Frau Brandt – schließt sich die Tür wieder hinter den beiden, und sie dürfen endlich weiterfahren. Frau Brandt und Herr Kleinmann sitzen jetzt in der Reihe vor Anne und Julia und unterhalten sich über die DDR.

»Ich sag dir, in diesem Jahr passiert noch etwas«, sagt Frau Brandt. »Seit Anfang Mai ist die Grenze zwischen Ungarn und Österreich jetzt ›offen‹, aber ich hätte nicht gedacht, dass es eine regelrechte Fluchtwelle gibt.«

»Ja, es werden jeden Tag mehr Menschen, die die DDR verlassen«, antwortet Herr Kleinmann. »Sie sind unzufrieden, wollen endlich, dass sich etwas ändert, wollen zum Beispiel Reisefreiheit. Wahrscheinlich haben sie auch Angst, dass sie die Grenzen wieder dichtmachen. Ich möchte mal wissen, wie viele sich mittlerweile in die westdeutsche Botschaft in Budapest oder nach Wien geflüchtet haben! Man muss sich das mal vorstellen: Sogar Ärzte packen ihre Sachen und lassen ihre Patienten einfach im Stich. Ist doch schlimm!«

»Vielleicht haben sie wirklich Angst, dass es die letzte Chance in ihrem Leben ist, rauszukommen«, antwortet Frau Brandt. »Wir haben gut reden. Wir leben ja in einem freien Land mit freien Wahlen und können überall auf der Welt hinfahren.«

Sie haben neulich im Unterricht bei Frau Brandt darüber gesprochen, dass die Menschen in der DDR nicht in jedes Land auf der Welt verreisen dürfen. Anne kann sich nicht vorstellen, wie das sein muss, in der DDR und in Berlin hinter einer Mauer zu leben und nur in sogenannte »Bruderländer« reisen zu dürfen, wie Bulgarien oder die Tschechoslowakei. Nach Ungarn dürfen sie auch, überlegt Anne. Darüber haben sie gestern unter anderem in der WG geredet.

Und dann fällt ihr alles wieder ein. Obwohl sie eigentlich jetzt nicht daran denken will. Wie Toni gestern plötzlich sagte, Anne könne froh sein, dass ihre Mutter damals, 1980, als Anne knapp ein halbes Jahr alt war, die DDR verlassen habe.

Das hat Anne da zum ersten Mal gehört. Bisher hatte Mama immer erzählt, sie wäre lange vor Annes Geburt in den Westen, nach Hamburg »gegangen«. Das hatte für Anne immer harmlos geklungen, mehr wie eine Art Spaziergang.

Aber was sie gestern erfahren hat, ist nicht harmlos gewesen. Das war eigentlich ein starkes Stück: In der DDR hatte Annes

Mutter als Journalistin Berufsverbot. Sie war darüber damals todunglücklich gewesen, so unglücklich, dass sie alles getan hätte, um fortzukommen. Sie hatte sogar kurz überlegt, sich im Kofferraum eines Autos zu verstecken, um sich in den Westen »schmuggeln« zu lassen!

Mama hat ihr Weinglas auf den Tisch gestellt und Anne angeschaut. »Aber ›so eine Aktion‹ wäre mit einem Baby der totale Wahnsinn gewesen und hätte niemals geklappt. Und ich wollte natürlich nicht entdeckt werden, deshalb habe ich mich dann dagegen entschieden und einen … ganz anderen Weg gewählt.«

»Welchen denn?«, hat Andreas gefragt. Anne hörte gebannt zu.

»Ben, ein guter Freund aus Westberlin, hat mich damals regelmäßig in Ostberlin besucht. Das ging ja ohne Probleme. Er musste bloß immer rechtzeitig kurz vor Mitternacht wieder am Grenzübergang sein. Ben war besorgt, wie alles für mich nach dem Berufsverbot weitergehen würde. Er wollte wohl nicht, dass ich etwas Unüberlegtes tue und im Gefängnis lande. Auf jeden Fall hat er mir einen gefälschten Pass besorgt.«

»Und dann?«, fragten Andreas und Toni im Chor. Anne dachte über den gefälschten Pass nach.

»Dann bin ich mit Anne im Gepäck nach Bulgarien gefahren, nach St. Konstantin, einem Badeort am Schwarzen Meer. Das war auch schon ein hartes Stück Arbeit, die Genehmigung für die Bulgarienreise zu bekommen … Von Bulgarien aus konnten wir, ohne dass uns irgendjemand daran hinderte, mit diesem gefälschten Ausweis über Griechenland nach Westdeutschland fliegen. Ich habe bei der Sache viel riskiert …«, hat Mama zum

Schluss noch gesagt und Anne bedeutungsvoll angeblickt. Anne hat bei diesen unzähligen neuen Informationen sowieso schon der Kopf geschwirrt.

Mama erklärte ihr noch, wie gefährlich das Ganze war. »Ich wusste bis zuletzt nicht, ob es klappen würde. Jemand aus der DDR hätte uns verraten können. Alleine für den Fluchtversuch hätte ich jahrelang ins Gefängnis kommen können – und du, Anne, in ein Kinderheim oder zu staatstreuen Leuten.« Mama kannte Familien, denen genau so etwas geschehen war.

Anne, die an dem Abend von dieser Fluchtgeschichte, die ja auch sie betraf, das erste Mal hörte, war erschrocken gewesen. Niemals hätte sie gedacht, dass Mama sich auf so eine gefährliche Sache eingelassen hätte. Was für eine gruselige Vorstellung! Warum hatte Mama ihr das alles eigentlich nicht eher erzählt? Warum hatte sie sie jahrelang angelogen? Mama betonte doch immer, wie sehr sie für Ehrlichkeit war, immer wenn sie Anne mal beim Schwindeln ertappte. Anne war enttäuscht von Mama.

Mama hatte noch einmal versucht ihr zu erklären, dass es für sie damals einfach keinen anderen Weg gegeben hatte. »Ich war so verzweifelt. Kreuzunglücklich. Ich konnte und wollte nicht länger in so einem unfreien Land wie der DDR leben. Nachdem dein Vater … gestorben war, war ich alleine mit dir … Ich musste es einfach riskieren und ausbrechen, ansonsten wäre ich irgendwann krank oder sogar verrückt geworden, und dann hätten sie dich mir auch weggenommen. Ich wollte unbedingt ohne Zensur schreiben!«

Annes Mutter schreibt unter anderem in Hamburg eine

Kolumne für eine Zeitung, die »Meine Meinung!« heißt. Sie betont gerne, dass sie genau das an Hamburg und der Bundesrepublik so liebt, ehrlich ihre Meinung sagen zu dürfen, ohne dass jemand etwas dagegen hat. Im Gegenteil, mit ihrer Meinung verdient sie seit Jahren im Westen ihr Geld, viel Geld. Ihre Meinung ist gefragt.

»Aber warum hast du mir das alles nicht schon viel eher erzählt?«, hat Anne schließlich empört gerufen. »Warum hast du mich angelogen? Hast mir erzählt, ich wäre hier in Hamburg geboren – und um ein Haar wäre ich im Heim groß geworden! Na, schönen Dank auch!«

Toni hat Anne den Arm getätschelt und gemurmelt, sie solle sich mal beruhigen.

»Ich habe gewartet, bis du groß genug bist, um dir das alles zu erzählen. Und jetzt, wo ihr mit der Klasse nach Ungarn fahrt und so viele DDR-Bürger sich in Botschaften flüchten und auch über Ungarn versuchen in den Westen zu kommen, passt es eben«, lautete Mamas Antwort.

Die Erwachsenen haben dann mit Rotwein auf »Annemaries geglückte Republikflucht« angestoßen. So hat Andreas es genannt. Annemarie – so heißt Annes Mutter.

Anne wollte bloß noch alleine sein und ist in ihr Zimmer gegangen, um das Ganze zu verdauen. Sie fand es immer noch nicht richtig, dass Mama diese Fluchtgeschichte so lange vor ihr verheimlicht hat. Und wenn Toni nicht davon angefangen hätte, hätte sie es vielleicht immer noch nicht erfahren. Das war doch nicht in Ordnung!

Wer weiß, was Mama ihr noch alles verschwiegen hat …!

»Auch wenn ich ein Kind bin, möchte ich die Wahrheit wissen!«, denkt sie jetzt im Reisebus. »Auch wenn ich »erst« zehn Jahre alt bin. Mama hätte mir einfach schon eher von dieser Flucht erzählen müssen. Und sie denkt darüber nach, was ihre Mutter damals wohl getan hätte, wenn alles schiefgelaufen wäre? Was hätte sie überhaupt tun können, um mich aus diesem Heim zu holen? Wahrscheinlich nicht viel! Zum Glück ist ja alles gut gegangen, beruhigt sie sich wieder. Aber was wäre gewesen, wenn nicht? Wäre sie wirklich in so einem trostlosen Kinderheim in der DDR gelandet? In ihrer Vorstellung sieht sie ein riesiges Zimmer vor sich, in dem an den Wänden aufgereiht Stockbetten stehen. Spielzeug gibt es nicht. In Wirklichkeit hat Anne keine Ahnung von irgendwelchen Kinderheimen, hat noch nie eins von innen gesehen.

Vielleicht würde sie jetzt bereits bei fremden Leuten leben und müsste zu denen Mami und Papi sagen. Und sie wüsste dann gar nicht, dass es ihre richtige Mama gäbe – und Mama säße immer noch im Gefängnis …

Seltsames, schreckliches Gefühl. Dann fällt ihr noch etwas anderes ein: Ist sie nun eigentlich Hamburgerin oder Berlinerin? Ist es wichtig, wo man geboren ist?

In Hamburg lebt sie, seit sie denken kann. Hamburg und der Hafen, das gehört zu ihr. Das Kribbeln, wenn so ein Ozeanriese ankommt oder wegfährt. Spaziergänge im schönen Haynspark in Eppendorf, wo sie wohnt.

»Ich bin Hamburgerin! Ich kenne Berlin ja nicht mal!«, hat sie laut in ihrem Zimmer gerufen. Und Olli, ihr alter Teddy auf dem Klavier, hat stumm dazu geglotzt, ratlos.

»Warum bist du denn so still?«, will Julia wissen. Sie hat ja keine Ahnung von dem Gespräch mit Annes Mama.

»Stell dir vor, ich habe erst jetzt von Mama erfahren, dass ich gar keine Hamburgerin bin.«

»Ich bin auch keine Hamburgerin«, antwortet Julia und lächelt, »aber ich fühle mich wie eine.«

»Na ja, ich bin in Berlin geboren …«

Julia begreift immer noch nicht. »Na und?«

»In Ostberlin, also in der DDR. Mama ist mit mir, als ich noch ganz klein war, über Bulgarien in den Westen geflohen.«

Julia staunt.

»Wenn sie uns erwischt hätten, wäre ich wahrscheinlich in ein Heim gekommen und Mama ins Gefängnis, darüber hab ich gerade nachgedacht.«

»Du bist doch aber hier!«, sagt Julia.

»Ja, schon, aber es ist komisch: Wenn Mama damals in der DDR glücklich gewesen wäre, hätte sie Ostberlin ja überhaupt nicht verlassen müssen. Dann würde ich jetzt nicht zusammen mit dir hier im Bus sitzen und nach Ungarn düsen. Wir würden uns dann überhaupt nicht kennen.«

Julia lächelt: »Wir kennen uns aber … zum Glück!«

Auch Anne lächelt. »Außerdem … wer weiß, vielleicht würde ich dann in einem anderen Bus sitzen, in einem Bus aus der DDR, aus Frankfurt an der Oder, oder aus Leipzig. Und meine beste Freundin hieße dann nicht Julia, sondern vielleicht Andrea, und wir wären auch auf Klassenfahrt und würden genauso wie wir jetzt an den Plattensee reisen.«

»Und da würden wir beide uns kennenlernen«, sagt Julia.

»Wo wäre dann eigentlich der Unterschied?«, überlegt Anne. In dem Moment gäbe es doch keinen mehr, oder? Mit diesen Gedanken im Kopf schläft Anne später ein.

KAPITEL 2

In dem man etwas sehr Erstaunliches feststellen muss …

Wir sind gleich da!«, ruft Benny und schlägt Hannes kräftig auf die Schulter. Alle scheinen plötzlich gleichzeitig wach geworden zu sein und quasseln durcheinander.

Anne hat schief auf dem Sitz gelegen. Julia und sie haben eng aneinandergekuschelt geschlafen. Anne tun jetzt alle Glieder weh. Sie strecken sich beide und gähnen.

»Frau Brandt, was heißt noch mal guten Morgen auf Ungarisch?«, fragt Basti. »Jó reggelt!«, lautet die prompte Antwort. Heinz der Zweite biegt nach rechts ab. Heinz der Erste ist auch schon wieder wach. Er steht im Gang und palavert über Schlaglöcher in den ungarischen Straßen. »Besser als in der *Zone* ist es hier aber auch nicht …«

Für einen Augenblick liegt der Plattensee zum Greifen nah, ein paar Meter neben der Straße und einem Rasenstreifen am Ufer. Blau wie das Mittelmeer, und vom Bus aus wirkt er auch genauso groß. »Oh!« und »Ah!«, tönt es begeistert von allen Seiten.

Heinz der Zweite drosselt das Tempo und hält schließlich auf einem großen Parkplatz vor einem einstöckigen weiß verputzten Haus, ihrer Jugendherberge in Tihany. Ein anderer Bus, zwei

Trabis und ein Wartburg parken dort bereits neben einem Haufen riesiger, schmutziger Autoreifen.

»Jetzt sind wir da, meine Herrschaften!«, sagt Heinz der Zweite zufrieden. »Willkommen am Balaton im wunderschönen Tihany!«

Hinter dem Haus lugt der Plattensee wieder verführerisch türkisblau glitzernd hervor. Es dauert noch eine Weile, bis alle ausgestiegen sind, ihre Jacken und Pullover von den Sitzen und das Bonbonpapier, leere Chipstüten, Dosen und leere Flaschen vom Boden aufgesammelt haben. Aus dem Busbauch laden unterdessen Heinz der Erste und Heinz der Zweite Taschen und Koffer aus, die sie auf dem Boden stapeln, sodass sie schnell zu einer Art Gepäcklandschaft anwachsen. Herr Kleinmann versucht inzwischen, die Zimmer zu verteilen. Es gibt Sechsbett- und Vierbettzimmer. Sofort beginnen heiße Diskussionen, wer mit wem auf jeden Fall zusammen sein möchte – und wer mit wem auf keinen Fall.

Anne und Julia haben zum Glück schon in Hamburg verabredet, dass sie zusammen mit Christine, Katrin, Anja und Melli in ein Sechsbettzimmer gehen werden. Während die anderen immer noch mit Herrn Kleinmann verhandeln, folgen sie Frau Brandt in die Jugendherberge.

Sie gelangen direkt in den großen Empfangsbereich, dessen Boden spiegelglatt gebohnert ist, sodass Anne gleich ins Schlingern kommt und fast hinfällt, aber Julia kann sie gerade noch rechtzeitig am Arm festhalten.

Es riecht hier nach Bohnerwachs, Essig und deftiger Kartoffelsuppe mit Majoran. Sie gehen zur Rezeption, einer großen

Theke, hinter der allerdings niemand steht. Während sie auf die Herbergsleute warten, dreht Anne an dem quietschenden Postkartenständer und studiert die Karten vom Plattensee – der Balaton aus der Luft und vom Boot aus. Und auch einige Städtepostkarten sind dabei, von Kesthely und Gyenesdiás – wie man das wohl richtig ausspricht?

Im Spiegel an der Wand betrachtet Anne sich und Julia: Komisch, sie sehen sich ähnlich und auch wieder nicht. Sie haben beide ihre Haare zu einem schulterlangen Zopf geflochten. Julias Haare sind aber glatt und hellbraun, Annes lockig und blond. Auch die Augenfarben sind unterschiedlich, Annes Augen grün, Julias blau. Julias Gesicht ist runder als Annes und ihr Mund schmaler. Anne hat einen kleinen Leberfleck neben dem Mund, dafür hat Julia Sommersprossen neben der Nase. Sie ist auch ein bisschen größer. Dafür ist Anne wiederum größer als Katrin oder Melli.

Die beiden stehen bei Christine und Anja und versuchen Frau Brandt zu überreden, heute im See zu baden. Es sei draußen schließlich warm genug dafür.

»Ja, aber wir wissen noch nicht, wie warm das Wasser ist«, antwortet Frau Brandt. »Schließlich haben wir schon fast Herbst.«

In diesem Moment hören sie Stimmen, die rasch lauter werden. Anne dreht sich um. Eine Gruppe von drei Mädchen und einem Jungen geht durch die Halle. Sie müssen etwa in ihrem Alter, also zehn Jahre alt sein. Offensichtlich ist das Wasser durchaus noch warm genug zum Schwimmen, denn sie haben alle Badesachen an und ihre Handtücher einfach über die Schultern geworfen.

Anne betrachtet die vier neugierig und erschrickt plötzlich. Ein pummliges Mädchen erzählt gerade laut von einem Splitter im Fuß einer gewissen Marie und berlinert dabei. Aber das ist es nicht, was Anne zusammenfahren lässt. Es liegt auch nicht an dem Jungen, der wie eine Hyäne kichert, und auch nicht an dem anderen kleineren, rothaarigen Mädchen, das dazwischenruft: »Jetzt lass mich doch mal weitererzählen! Ich hab schließlich den Splitter aus Maries Fuß herausgezogen! Und er war riesig! Und wenn ich sage riesig, dann meine ich auch riesig! Gigantös!«

Nein, daran liegt es nicht. Es liegt an dem vierten Kind. Einem

Mädchen. Das Mädchen ist genauso groß wie Anne. Es hat die gleichen lockigen blonden Haare, nur dass ihre kinnlang sind. Und als es noch näher kommt, erkennt Anne, dass es auch grüne Augen hat, genau wie sie. Und es scheint ihre Nase zu sein, die da im Gesicht der anderen sitzt, obwohl das ja nicht sein kann, weil ihre Nase ja noch da ist. Selbst den dunklen Leberfleck, rechts neben dem Mund, kann sie bei der Fremden entdecken.

Das kann nicht wahr sein! Aber genauso ist es. Sie sehen sich zum Verwechseln ähnlich!

Anne hat noch nie eine Doppelgängerin getroffen. Und ihre eigene schon gar nicht. Natürlich nicht. So etwas gibt es nur in

Büchern oder Filmen. So etwas geschieht doch nicht in Wirklichkeit.

Aber es ist kein Traum. Anne und das fremde Mädchen stehen sich jetzt direkt gegenüber. Sie betrachten sich ernst und aufmerksam und ohne dabei zu lächeln. Es ist für jede von ihnen so, als würden sie in einen Spiegel schauen, ohne dass sie sofort begreifen können, warum das so ist.

Annes Gedanken surren verwirrt durch ihren Kopf wie ein Schwarm aufgescheuchter Wespen. »Die sieht aus wie ich! Aber wieso sieht die aus wie ich? Wer ist sie überhaupt? Die sieht wirklich aus wie ich! Das kann doch nicht sein!« So geht das immer weiter im Kreis, ohne dass es Anne weiterhilft.

Natürlich hat auch Julia das fremde Mädchen bemerkt. Verblüfft betrachtet sie sie und kratzt sich dabei am Kopf. Sie blickt von Anne zu dem Mädchen. Und von dem Mädchen wieder zu Anne.

Auch Melli, Katrin, Christine und Anja, die bei Frau Brandt stehen, bemerken jetzt das Mädchen und gucken und staunen, sind sprachlos.

Melli ruft schließlich. »Ja, was ist denn das? Anne, die sieht ja aus wie du!« Sie lacht. »Das gibt es doch nicht!«

Und das fremde Mädchen starrt Anne einfach mit aufgerissenen Augen ungläubig an und sagt nichts.

Im Hintergrund, am Ende des Flurs, hört man eine Frauenstimme rufen: »Marie, kommst du bitte mal her, ich möchte mir deinen Fuß anschauen! Nachschauen, ob der Splitter wirklich draußen ist.«

Das fremde Mädchen, das offensichtlich Marie heißt, nickt.

Sie ruft mit heiserer Stimme: »Ich komme gleich!« Noch einmal mustert sie Anne erschrocken, dann tritt sie einen Schritt zurück, dreht sich um, läuft den Gang entlang und verschwindet schließlich in einem Zimmer.

Die anderen drei bleiben stehen und studieren aufmerksam Annes Gesicht.

»Stimmt!«, sagt der Junge verblüfft, der eben noch so hyänenmäßig gekichert hat und jetzt normal spricht. »Du siehst aus wie Marie, nur deine Haare nicht, die sind ja viel länger. Aber sonst ...«

Daraufhin gucken alle Umherstehenden Anne nachdenklich und prüfend an, bis sie sich immer unbehaglicher fühlt, so wie sich ein Affe im Zoo vorkommen muss, der unentwegt angeglotzt wird. Alle, auch Julia und die anderen Mädchen aus der 4 a, starren sie jetzt an, als hätten sie Anne noch nie zuvor gesehen.

Frau Brandt sagt schließlich: »Na ja, es gibt schon merkwürdige Zufälle. Aber wisst ihr was, neulich habe ich einen Artikel über Doppelgänger gelesen, über Menschen, die nicht miteinander verwandt sind und sich dennoch haargenau gleichen ... So etwas gibt es öfter, als man denkt!«

Gespannt hören die Kinder ihr zu. Nur Anne nicht. Sie ist immer noch viel zu verwirrt von der Begegnung mit dem Mädchen.

Marie heißt sie. Anne und Marie. Marie und Anne. Anne und Marie.

»Es ist nicht auszuschließen, dass viele von uns irgendwo auf der Welt einen Doppelgänger oder eine Doppelgängerin haben«, behauptet Frau Brandt gerade. »In Hamburg kenne ich zum Beispiel eine Bäckerin … Und stellt euch vor, sie sieht haargenau so aus wie meine beste Freundin, und die ist Lehrerin wie ich.« Frau Brandt lacht. »Beide Frauen haben knallrote Haare und Locken. Sie sehen wirklich absolut gleich aus. Und wenn man sie sprechen hört, kann man nicht einmal die Stimmen voneinander unterscheiden. Dabei sind sie nicht mal miteinander verwandt, geschweige denn Schwestern. Als sie sich einmal zufällig begegneten, konnten sie es selber kaum glauben. Verrückt, oder?«

Ja, das ist schon verrückt, denkt Anne. Aber ist es wirklich nur ein Zufall, dass ihr diese Marie so ähnlich sieht? Oder sie der Marie? Oder sie sich beide? Bloß ein unglaublicher Zufall? Oder was …? Anne beißt sich auf ihre Lippen.

Sie fühlt sich wie betäubt, als sie Julia folgt, die schließlich von der Herbergsmutter, einer dunkelhaarigen, schmalen Frau in einem weißen Kittel, den Schlüssel zu ihrem Zimmer bekommen hat.

Sie gehen durch den Gang in den ersten Stock und betreten den Schlafraum. Es ist ein großes Zimmer mit sechs Betten und zwei Schränken an der linken Wand, mit einem Blick auf den Plattensee, der so schön knallblau aussieht, dass er fast unecht wirkt, wie ein nachträglich verbessertes Foto, das man farblich aufgefrischt hat.

Anne ist es in dem Moment völlig egal, dass Anja und Katrin gleich die zwei besten Betten am Fenster belegen. Sie setzt sich auf das Bett neben der Tür und stellt die Reisetasche achtlos auf den Boden.

Sie muss immer an dieses Mädchen denken, an Marie. Sie wird sie suchen und mit ihr sprechen. Gleich. Ihr Herz klopft rascher als sonst. Ein bisschen fürchtet sie sich.

KAPITEL 3

*In dem ein Tag kaum vergehen will, es viele Fragen
gibt und eine entscheidende Antwort.*

Anne hat sich von dem Schreck dieser unerwarteten Begegnung noch nicht erholt. Anstatt ihre Sachen auszupacken, bleibt sie stumm auf dem Bett sitzen. Die anderen laufen zwischen den Schränken und Koffern hin und her, reden und lachen dabei.

»Wer weiß … vielleicht treffe ich hier auch meine Doppelgängerin!«, ruft Melli und kichert. »Also ich würde mich freuen. Wenn ich schon keine Geschwister haben kann …«

Katrin zeigt auf Melli. »Wer möchte schon deine dünnen Haare und so komische Ohren haben?«

»Ach, du hast ja keine Ahnung! Meine Haare sind eben besonders fein. Und meine Ohren … mit denen kann ich sogar wackeln!«, antwortet Melli beleidigt und beginnt auch gleich, mit ihren leicht abstehenden Ohren zu wackeln. Die anderen lachen, auch Anne.

»Meint ihr wirklich, dass jede von uns eine Doppelgängerin hat? Immerhin hat auch Frau Brandt so etwas mit ihrer Freundin schon erlebt«, überlegt Julia laut. »Und unsere Busfahrer sehen sich auch irgendwie ähnlich …«

»Ja, und jetzt noch Anne und dieses Mädchen …«, meint die dunkelhaarige Katrin. »Das ist ja direkt unheimlich, so viele Zufälle auf einmal … Aber meine Mutter sagt auch immer, es gibt mehr zwischen Himmel und Erde, als wir denken. Und vielleicht gibt es ja wirklich immer zwei von uns allen …«

»Du meinst, es gibt jeden Menschen zweimal?«, fragt Anja verblüfft.

»Wer weiß …«, sagt Katrin. »Irgendwo auf der Welt sitzt vielleicht gerade ein Mädchen, das genauso gerne reitet wie ich. Wenn sie Glück hat, wohnt sie auf einer Farm mit Pferden.«

Jetzt sind alle nachdenklich geworden.

Anne kann ihnen gar nicht richtig folgen. Immer sieht sie Maries Gesicht vor sich. Sie merkt gar nicht, dass Julia sie beobachtet.

»Es ist schon komisch mit Anne und dem Mädchen«, sagt Katrin. »Kanntest du sie wirklich nicht vorher? Sie hat sogar den Leberfleck an derselben Stelle wie du. Das ist doch irre!«

Anne schüttelt den Kopf, murmelt: »Nie vorher gesehen hab ich sie …« Sie steht auf, geht zum Fenster und schaut hinaus. Blickt auf den See, ohne ihn wirklich zu sehen. Am besten geht sie jetzt gleich los, um diese Marie zu suchen. Sofort!

Julia fühlt, wie weit weg Anne in diesem Moment ist. Wie ein kleiner Nadelpikser sticht die Eifersucht.

Anne überlegt. Wer weiß … nachher reist Maries Gruppe heute, jetzt gleich ab – und sie versäumt die letzte Chance in ihrem Leben, mit ihr zu sprechen! Anne muss sie vorher finden!

»Ich komm gleich wieder«, sagt sie kurz zu Julia und läuft aus dem Zimmer. Dann hüpft sie die Treppe hinunter, nimmt immer zwei Stufen auf einmal. Sie wird einfach an der Rezeption nach der anderen Gruppe fragen. Irgendwie werden die sie schon verstehen …

Aber es ist wie verhext. Es ist wieder niemand da. Überhaupt ist die gesamte Empfangshalle menschenleer. Ausgestorben. Falsch! Da ist doch dieser Junge, der, der vorhin mit Marie ins Haus gekommen ist und so albern gekichert hat.

»Halt, stehen bleiben!«, ruft Anne ihm hinterher. Der Junge zuckt zusammen und dreht sich erschrocken um. Anne läuft schnell zu ihm. »Ich …«, stottert sie, »ich suche … die Marie, Marie aus deiner Gruppe. Weißt du, wo sie ist?«

Der Junge, der jetzt kurze Hosen, ein weißes Hemd und ein rotes Halstuch trägt, schaut Anne etwas abgehetzt an. »Na, sie ist mit den anderen schon losgegangen. Wir wandern heute, und am Nachmittag besuchen wir einen Kindergarten in Tihany. Ich muss mich beeilen, die anderen sind schon los. Ich hab leider unseren ganzen Proviant vergessen …« Er schnauft und schwenkt wie zum Beweis einen prall gefüllten grünen Rucksack durch die Luft. Er wirkt ein wenig aufgelöst. Heute Abend sind wir wieder hier. Und bei gutem Wetter findest du uns bestimmt am See. So, jetzt muss ich mich aber sputen!« Er lächelt Anne zu und verlässt mit großen Schritten hastig das Haus.

Sie hat Marie zwar nicht gefunden. Aber immerhin weiß sie jetzt sicher, dass sie noch nicht abgereist ist … Mist, aber es hilft nichts. Sie muss bis zum Abend warten. Leider. Langsam geht Anne zurück in ihr Zimmer. Die anderen sind schon im Speisesaal, nur Julia hat auf sie gewartet. Sie schaut Anne neugierig an. »Hast du das Mädchen gefunden? Frau Brandt war eben hier. Du sollst sofort dein Zeug auspacken. Und zwar zack, zack! Trödelliesen bekommen keinen Nachtisch, soll ich ausrichten!«

Anne nickt und seufzt: »Du bist anscheinend die Einzige, die versteht, dass ich mit dieser Marie sprechen muss.«

»Und hast du sie gefunden?«, fragt Julia neugierig.

»Ich hab nur mit einem Jungen aus ihrer Klasse gesprochen. Sie machen jetzt einen Ausflug und kommen leider erst heute Abend wieder«, sagt Anne. Sie tippt Julia an. »Mensch, die Brandt soll mal keine Hektik machen. Kann die sich denn nicht vorstellen, dass ich jetzt anderes im Kopf habe als auspacken oder irgendeinen Nachtisch!«

Julia nickt. »Wenn da plötzlich eine mit meinem Gesicht und meinen Haaren aufgetaucht wäre, dann hätte ich auch mit ihr sprechen wollen!« Richtig vorstellen, wie das wäre, wenn da eine zweite Julia ankäme, kann sie sich das aber nicht.

Gemeinsam gehen Julia und Anne in den Speisesaal. Anne wartet sehnsüchtig auf den Abend. Schneckenlangsam vergeht die Zeit, während sie mittagessen in dem riesengroßen Speisesaal, den die 4 a heute für sich alleine hat. Durch die meterhohen Fenster hat man einen guten Blick auf eine Wiese mit Bäumen und dem dahinterliegenden See.

Es gibt Reis mit Gulasch und zum Nachtisch Apfelmus. Anne merkt erst beim Essen, wie hungrig sie ist, dennoch schmeckt sie nicht wirklich, was sie isst. Sie rutscht unruhig auf ihrem Stuhl herum und schaut aus dem Fenster, ob Marie und ihre Gruppe vielleicht doch draußen zu sehen sind. Fehlanzeige.

Auch Frau Brandt interessiert sich für Maries Klasse. »Weiß jemand, wo die andere Gruppe steckt?«

»Die machen eine Wanderung, hab ich gehört«, sagt Anne.

Benny erzählt, dass die Kinder aus der DDR seien, aus Ostberlin, aus der geteilten Stadt. »Und sie sind alle Pioniere!«, ruft er stolz, weil er das so schnell in Erfahrung gebracht hat.

»Was sind denn Pioniere überhaupt?«, will Melli wissen.

»So etwas Ähnliches wie Pfadfinder«, erklärt Benny wichtig. »Sie sehen auf jeden Fall so ähnlich aus. Außerdem tun die ständig Gutes, sammeln Kartoffelkäfer von den Feldern und singen Lieder. So 'ne Art Uniform, weiße Blusen oder Hemden haben die auch, und blaue oder rote Halstücher, ich weiß das, weil mein Cousin aus dem Osten auch so'n Thälmann-Pionier ist.«

»Na ja«, Herr Kleinmann mischt sich ein: »Ja richtig, Benny! Allerdings gibt es ein paar Unterschiede zu den Pfadfindern! Da ist viel zu viel *von oben* verordnet. Wer im Osten nicht zu den Pionieren geht, bekommt doch sofort Nachteile, nicht nur bei der Wahl seiner Schule zum Beispiel. Es spricht ja wohl auch für sich, dass fast fünfundneunzig Prozent bei den Pionieren sind. Da kann man schon skeptisch sein, ob das bei allen wirklich freiwillig ist … Wie Benny sagt, eigentlich heißen sie Thälmann-Pioniere. Benannt nach dem von den Nationalsozialisten im Dritten Reich ermordeten Ernst Thälmann. Er war Vorsitzender der KPD.«

»Und die KPD ist eine Partei, die Kommunistische Partei Deutschlands. Bei uns ist sie verboten. Kartoffelkäfer sammeln die Pioniere übrigens von den Feldern, um die Ernte zu sichern«, erklärt Frau Brandt. »Bei der Ernte selber helfen sie auch. Aber sie machen noch viel mehr, sammeln zum Beispiel Altmetalle, Stoffreste oder Glas, um Rohstoffe wiederzuverwerten. Sie kümmern sich um alte Leute und …«

»Mensch, die sind einfach zu gut, um wahr zu sein!«, ruft Christian, ihr Klassensprecher. »Wie vom anderen Stern!«

Alle kichern.

Kartoffelkäfer sammeln, so was hat Anne noch nie gemacht. Dass Kinder überhaupt so etwas tun, hat sie bis jetzt noch nicht einmal gehört. Sie fühlt sich in diesem Moment, als habe jemand sie komplett durchgeschüttelt, als wäre nichts mehr an seinem richtigen Platz.

✾

Marie geht es kein bisschen anders. Sie ist aufgewühlt. Fühlt sich, als hätte sie vergessen, wo hinten oder vorne ist. Weiß nicht mehr, was sie denken soll. So was Verrücktes! Ausgerechnet ein Mädchen aus dem Westen kommt hier an und sieht aus wie sie. Genau wie sie! Hätte sie es nicht selber erlebt, sondern nur erzählt bekommen, zum Beispiel von Leonie … Kein Wort hätte sie geglaubt. Nicht eins. Aber sie hat es ja heute wirklich erlebt. Hautnah. Als Betroffene. Das ist der entscheidende Punkt, würde Papa sagen. Das sagt er gerne, diesen Satz mit dem entscheidenden Punkt, sodass Marie dann immer das Gefühl bekommt, sie habe etwas Wichtiges vergessen zu erzählen. Fürchterlich.

Jetzt noch mal der Reihe nach: Das Mädchen und sie haben die gleiche Augenfarbe, den gleichen Leberfleck, die gleiche Nase. Und wenn das Mädchen sich die blonden Haare kinnlang abschneiden ließe, würde kein Mensch sie mehr voneinander unterscheiden können. Nicht mal Papa! Und das ist hier doch der entscheidende Punkt. Was Papa wohl sagen würde, wenn er dieses Mädchen mit ihr zusammen sehen würde. Marie grinst.

Während sie über einen Trampelpfad durch die Landschaft wandern, knallt ihnen die Sonne auf den Kopf. Passenderweise singen sie dazu wie so oft *Immer lebe die Sonne.* Auch Marie singt automatisch mit, während sie dem Abend entgegenfiebert. Am

Abend werden sie wieder zurück in der Jugendherberge sein, dann wird sie dieses Mädchen finden und zur Rede stellen!

»Immer lebe die Sonne,
immer lebe der Himmel,
immer lebe die Mutti
und auch ich immerdar! ...«, singt Leonie ihr ins Ohr.

Später picknicken sie auf einer Wiese, perfekt auf einer Anhöhe gelegen. Essen ihre Wurststullen, die Ralfi um ein Haar vergessen hätte, und atmen die würzige Luft ein.

»Ist das heiß, hoffentlich können wir später baden«, sagt Leonie.

»Kinder, genießt den Blick auf den Balaton, baden können wir immer noch!«, befiehlt die Ratlos, ihre Lehrerin. Eigentlich heißt sie Ratloh. Sie betont auf jeden Fall immer wieder, wie dankbar sie alle sein müssen, dass sie überhaupt hier sein dürfen, sein können. Oft weiß sie aber nicht, was nun richtig ist, zum Beispiel wenn sich zwei streiten: wegschauen oder einmischen, daher Ratlos ...

»Viele Pioniere waren noch nie im Ausland. Noch nie! Und die würden sich alle zehn Finger danach lecken, könnten sie hier bei uns sein!«, sagt die Ratlos gerade.

Ja, ja. Marie kann es bald nicht mehr hören! Dabei ist sie ja dankbar. Aber wer möchte immer daran erinnert werden? Dankbar sein müssen. Sie sind hier auf Klassenfahrt am Balaton zum Austausch für eine ungarische Kindergruppe, die jetzt an ihrer Stelle in Berlin, an der Wuhlheide im Pionierpark ist. Was ja irgendwie auch nicht schlecht ist.

Außerdem sind sie die Pioniere, die sich im letzten Jahr bei der Gestaltung der Wandzeitung ihrer Grundschule und der Mach-mit!-Aktionen »Schöner unsere Städte und Gemeinden« besonders beim Säubern der Parkanlage in Schulnähe hervorgetan haben. Die Belohnung ist diese Ungarnreise. Normalerweise wären sie nämlich bloß in das Pionierferienlager bei Berlin und nicht in eine Jugendherberge im Ausland gefahren. Aber diesmal wurde eine Ausnahme gemacht. Die Ratlos hat geschwollen gesagt, das ursprünglich anvisierte Lager sei bereits besetzt gewesen, aber von ungarischer Seite her habe man vorbildlich reagiert und ih-nen die Unterkunft in der Jugendherberge hier angeboten.

Natürlich haben sie hier am Balaton in Tihany genau wie in Berlin ihre Verpflichtungen zu erfüllen. Das heißt, sie halten täglich ihre Versammlungen ab, machen gemeinsam Sport und kümmern sich um andere. Sie besuchen dann zum Beispiel so wie heute Kindergärten und zeigen, wie man auch mit beschei-denen Mitteln, aus Wollresten und Papier toll basteln kann.

Bis jetzt ist die Klassenfahrt auch echt spitze gewesen, denkt Marie. Alle bis auf den dicken Robert durften mitfahren. Auch weil die Ratlos und Pionierleiterin Frau Gundler dabei sind und nicht die strenge Pionierleiterin Schmöckwitz oder Pionierleiter Albert aus Berlin. Die Schmöckwitz hat sich kurz vor der Abfahrt das Bein gebrochen, ist einfach die gebohnerte Treppe in der Schule runtergepurzelt. Der dicke Robert hat daraufhin gesagt, die Schmöckwitz habe bestimmt zu viel Wodka getrunken. Frau Gundler hat getobt. Für diese Bemerkung müsse man Robert die Reiseerlaubnis glatt wieder entziehen, sofort. Das hatte sie gleich gefordert. Die Gundler hatte aber vergessen, dass der Robert gar kein Pionier ist und daher sowieso keine Reiseerlaubnis nach Ungarn bekommen hat.

Und der Pionierleiter Albert fiel aus, als er eine tückische Magen-Darm-Grippe bekam. Zum Glück hat er nicht kurz vor der Abfahrt noch jemanden angesteckt, denkt Marie jetzt.

Ja, die Fahrt ist spitze. Na ja, bis dieses Mädchen plötzlich aufgetaucht ist …

Später läuft Marie wieder neben ihrer Freundin, der kleinen rothaarigen Leonie.

»Das ist ja'n Ding, mit dem Mädchen aus Hamburg, wa?«

»Absolut!«, sagt Marie und nickt. Aus Hamburg kommt sie also. Aus dem Westen …

»Ich dachte, ich träume, als die plötzlich vor uns steht. Ich meine, das ist doch verrückt. Da taucht ein völlig fremder Mensch auf und sieht einfach aus wie du. Haargenau wie du!« Leonie schüttelte den Kopf. »Na ja, bis auf die Haare. Aber wenn sie die kürzer hätte, so wie du … Dann könnte euch doch nicht mal dein Papa unterscheiden. Vielleicht sind eure Mütter Cousinen oder so was …«

»Vielleicht«, antwortet Marie vage. Dabei weiß sie gar nicht, ob ihre Mutter überhaupt eine Cousine hat. Ob es fremde Tanten oder Onkel gibt. Ihre Mutter ist tot. Und Papa spricht fast nie von ihr. Marie kennt bloß ein Foto von der Mutter, da sitzt sie unter einem Apfelbaum und lacht. Beim Lachen kneift sie die Augen zusammen, sodass man sie gar nicht richtig erkennen kann. Glücklich sieht die Frau auf dem Foto aus. Sie hat lange, hellblonde Haare, die ihr bis zu den Ellenbogen reichen.

Das Bild hat Papa in seiner rechten Schreibtischschublade

aufbewahrt. Manchmal, wenn Marie alleine zu Hause ist, schaut sie es sich heimlich an. Sie weiß kaum etwas über ihre Mutter, nur, dass sie kurz nach Maries Geburt gestorben ist.

Wieder wird gesungen *Heimatland, reck deine Glieder ...*

Und Marie denkt weiter nach. Sie wird nachher mit diesem Mädchen reden. Sie hat den schicken weißen Reisebus gesehen, mit dem das Mädchen heute Mittag angekommen ist. Aber sie hat nicht auf das Kennzeichen geachtet, sondern über den dicklichen Busfahrer gestaunt, der auch so eine Art Doppelgänger dabeihatte. Wer weiß, vielleicht haben die im Westen alle Doppelgänger, falls mal einer verloren geht, oder so. Das ist natürlich Quatsch, denn in diesem Fall ist sie ja die Doppelgängerin – oder was auch immer ...

»Marie, warum schnaufst du denn so?«, fragt Leonie und stößt sie an. »Sing lieber mit, die Ratlos guckt schon.«

Marie versucht es und steigt bei den anderen wieder ein. Strophe fünf:

»Dass ihre Waffen zerbrechen,
schirmen wir Brücke und Wehr;
geben der Welt das Versprechen,
standhaft zu bleiben wie er ...«

Marie kennt die Lieder in- und auswendig.

»Thälmann und Thälmann vor allen,
Deutschlands unsterblicher Sohn.
Thälmann ist niemals gefallen –
Stimme und Faust der Nation«,

singen ihr Manne und Leonie jetzt gemeinsam ins Ohr. Wann ist endlich Abend, denkt Marie. Quälend langsam vergehen für sie die Stunden.

❊

Anne und die anderen aus der 4 a sind fertig mit dem Mittagessen. Gemeinsam räumen sie das Geschirr ab und tragen es in die große gelb gefliese Küche. Und endlich können sie Frau Brandt und Herrn Kleinmann überreden: Sie dürfen später im Plattensee baden.

Während die Kinder ihre Badesachen und Federballschläger aus den Zimmern holen, berichtet Frau Brandt schnell Herrn Kleinmann von dem Mädchen, das Anne zum Verwechseln ähnlich sieht. »Es gibt die Möglichkeit einer zufälligen Ähnlichkeit«, sagt sie. »Aber falls es anders ist … sollten wir beide gut überlegen, was wir tun können.«

Herr Kleinmann, der das Mädchen noch nicht gesehen hat und daher nicht weiß, wie groß diese Ähnlichkeit tatsächlich ist, stimmt seiner Kollegin gleichmütig zu. »Am besten halten wir uns da raus, sonst bekommen wir doch bloß Ärger mit den Ostlern«, sagt er noch.

Während Anne später auf der Wiese am See mit Julia Federball spielt, ist sie in Gedanken bei Marie. Wann kann sie endlich mit ihr sprechen? Selbst an Weihnachten, so kommt es Anne auf jeden Fall vor, ist die Zeit nicht so schleichend langsam vergangen. »Vielleicht weiß sie etwas, das ich nicht weiß«, sagt sie zu Julia.

»Du musst mir nachher alles erzählen«, antwortet Julia und versucht ihre Eifersucht zu unterdrücken.

Sie baden im See, das Wasser ist herrlich erfrischend, nur

Frau Brandt findet es zu kalt. Ein paar spielen Ball, und die anderen liegen faul auf der Wiese in der Sonne.

Endlich ist es Zeit, wieder in die Jugendherberge zu gehen. Es gibt Abendbrot. Sie sind die Einzigen im Speisesaal, die anderen sind noch nicht zurück von ihrem Ausflug.

❧

Als die Sonne wie ein fetter glutroter Ball über dem See hängt und es vielleicht noch eine Stunde dauern wird, bis es dunkel wird, sitzt Marie am Seeufer und wirft nervös kleine Kieselsteinchen ins Wasser. Obwohl die Wanderung lange und genau wie der Besuch im Kindergarten schön, aber auch anstrengend war, ist sie kein bisschen müde. Sie haben bereits unterwegs gegessen.

Ob die Ratlos und die Gundler nicht möchten, dass sie auf die Gruppe aus dem Westen treffen? Vielleicht ist es auch Zufall, das werden die nächsten Tage zeigen. Egal. Hauptsache, Marie kann heute überhaupt noch mit diesem Mädchen aus dem Westen sprechen. Sonst platzt sie nämlich vor Spannung wie ein Luftballon. Warten ist ganz und gar nicht ihre Sache. Gleich werden die Hamburger fertig sein mit dem Abendbrot und dann … dann wird sie sich das Mädchen schnappen!

❧

Annes Klasse sitzt immer noch im Speisesaal. Es gibt Graubrot mit Scheibenkäse oder Wurst, dazu Hagebutten- oder Pfefferminztee. Auf Herrn Kleinmanns Kinn ist eben aus Versehen ein Klecks Butter gelandet. Er redet schon wieder über die Pioniere und ihr »imposantes und umfangreiches Liedgut«. Er gerät richtig in Rage: »Nichts gegen gemeinsames Singen, aber es ist bei *denen* alles dermaßen festgelegt …«

Frau Brandt legt besänftigend ihre Hand auf seinen Arm. Anne kann jetzt gar nicht richtig zuhören, sie muss immer sein vor Fett glänzendes Kinn anschauen und schafft es nicht, es ihm zu sagen. Soll er doch Butter auf dem Kinn haben, sie möchte jetzt endlich raus hier, muss aber noch warten, bis alle fertig sind. Ihr Herz bummert schon wieder wie verrückt. Gleich, gleich …

Endlich haben auch die Letzten aufgegessen. Und sie dürfen nach dem Abräumen rausgehen, sollen aber auf dem Gelände zwischen See und Haus bleiben. Die meisten wollen Brennball spielen.

Anne will nur eins: und zwar Marie finden. Sie läuft vor das Haus. Hier spielen bereits einige Kinder zusammen Ball. Kinder aus der 4 a mit Kindern aus Ostberlin. Aber Marie ist nicht unter ihnen. Sie ist auch nicht bei den Tischtennisplatten. Bleibt noch der See.

Vom Haus aus kann Anne Marie nicht am Ufer entdecken. Den See mit den Tretbooten nimmt sie nicht richtig wahr. Ein paar Bäume versperren die Sicht. Sie läuft den Pfad hinunter. Da, sitzt dort nicht ein Mädchen, alleine am Ufer? Das könnte sie sein. Anne hält es nicht mehr aus. Und sie beginnt zu rennen. Sie läuft so schnell, dass ihre Fersen an den Po knallen. So rennt sie den Pfad hinunter bis zum See. Sie hat plötzlich Angst bekommen, das Mädchen könne wieder verschwunden sein, wie eine Fata Morgana in der Wüste.

Aber Marie löst sich nicht in Luft auf. Sie sitzt am Ufer und wirft Steinchen ins Wasser, eins nach dem anderen. Marie seufzt.

Und betrachtet die Kreise, die die Steinchen für ein paar Sekunden auf der Wasseroberfläche machen, ehe sie sich auflösen.

Was nun? Außer Atem, etwa einen Meter entfernt, bleibt Anne hinter Marie stehen. Was soll sie jetzt bloß sagen? Die Gedanken rattern durch ihren Kopf. In dem Moment dreht sich Marie endlich um – und blickt in ihr eigenes Gesicht, das doch nicht ihr eigenes ist. Verrücktes Gefühl.

Anne und Marie gucken sich immer noch an.

»Ich hab gehofft, dass du kommst«, sagt Marie schließlich.

»Ich hatte Angst, ich finde dich nicht«, sagt Anne.

Dann fangen sie gleichzeitig an zu sprechen und verstehen kein Wort. Lachen und reden wieder. Und schweigen.

»Mensch!«, sagt Anne schließlich.

Darüber muss Marie lachen. »Ja, hallo Mensch!«

Sie sehen sich an und grinsen.

Und ehe Anne ihr ins Wort fallen kann, beginnt Marie jetzt hastig zu reden, so als stünde die Ratlos neben ihr und es müsse besonders schnell gehen. »Den ganzen Tag habe ich gedacht, warum siehst du aus wie ich? Du bist aus Hamburg, richtig, oder?«

Anne nickt wieder.

»Kommst hier angerauscht und siehst aus wie ich. Komplett wie mein Spiegelbild. Komischer Zufall …«, murmelt Marie.

»Hab ich auch gedacht«, sagt Anne, »sehr komischer Zufall.«

»Vielleicht gibt es ja eine ganz normale Erklärung für das Ganze?«, überlegt Marie.

Anne sagt leise: »Welche fällt dir denn ein?«

Wieder sehen sie sich an.

»Ich heiße übrigens Anne. Anne Bergmann.«

»Marie«, sagt Marie, aber das weiß Anne ja bereits.

»Mit Nachnamen Roemer, aber mit oe.«

»Wann hast du denn Geburtstag?«, fragt Anne.

»Am 8. April«, sagt Marie. »Da bin ich zehn geworden.«

»Ich auch!«, murmelt Anne.

»Und wo bist du geboren?«

»In Ostberlin.«

»Ich auch!«

»Klingt nicht nach Zufall, oder?«

Anne schüttelt den Kopf. »Lebst du in Ostberlin oder woanders?«, fragt sie.

»Ja, in Ostberlin bei meinem Vater«, antwortet Marie. »Und du, wohnst du in Hamburg?«

»Ja, bei meiner Mutter.«

»Ich habe keine Mutter mehr«, sagt Marie leise, »sie ist kurz nach meiner Geburt gestorben. So hat Papa mir das immer erzählt ...«

»Ich habe keinen Vater, er ist auch kurz nach meiner Geburt gestorben«, flüstert Anne. »So hat Mama es mir erzählt.« Ihr ist schlecht vor Aufregung, ihr Herz rast.

Sie sehen sich an, beide mit glühenden Wangen, die Herzen hämmern.

Marie öffnet den Mund, schluckt und sagt dann: »Das ist alles einfach total verrückt! Aber wenn ich es richtig zu Ende denke, könnte es vielleicht doch wahr sein. Solange ich es nicht zu Ende denke, so lange ist alles wie immer! Aber irgendwie glaube ich, nichts ist mehr wie immer ... Eigentlich fand ich es gar nicht so schlecht, wie es bis jetzt war.« Sie kratzt sich am Kopf.

Ganz schön verwickelte Gedanken, findet Anne und schluckt. Schluckt wieder und wird immer aufgeregter. Ihr Herz schlägt so schnell, als wäre sie eben ein paar Kilometer an der Binnenalster entlanggerannt. Sie setzt sich neben Marie.

Marie wirft wieder Kieselsteinchen ins Wasser. Um sich zu beruhigen, macht Anne es ihr nach, beginnt auch mit ihren Fingern den Boden nach Kieselsteinen abzutasten, blind nach ihnen zu greifen und sie ins Wasser zu schmeißen.

Verstohlen betrachtet Anne Maries Gesicht. Auch Marie blickt wieder auf und schaut Anne an. Sie lächeln beide.

Anne sieht Maries spitze Eckzähne, und Marie bemerkt Annes Eckzähne – und die sehen aus wie ihre. Genau wie der Leberfleck neben dem Mund.

Wenn das wirklich stimmt, was Marie jetzt kaum auszusprechen wagt, dann würde ihr ganzes Leben auf dem Kopf stehen. Für einen Moment sieht sie das genau wie ein Foto vor sich, wie sie kopfüber an Papas Arm hängt und all ihr Zeug, Kleingeld, verrostete Schlüssel und so weiter, aus den Hosentaschen auf den Boden fällt. Und wie ihre Möbel durcheinander kreuz und quer

gestapelt auf einem großen unordentlichen Haufen liegen – und obendrauf thront Anne aus Hamburg und schaukelt harmlos mit den Beinen.

Anne grinst. Sie sehen sich nicht nur total ähnlich, sondern sie denken wahrscheinlich auch dasselbe … Zwei Mädchen, die sich haargenau gleichen, auf den Tag genau gleich alt und beide in Ostberlin geboren sind. Die eine hat einen Vater, die andere eine Mutter. Das ist doch so logisch, genau wie eins plus eins immer zwei ergibt.

»Ich glaube, dass wir …«, fängt Anne an. Aber Marie unterbricht sie: »Dass wir Schwestern sind! Ich glaube, die haben uns beide von oben bis unten angelogen!«, ruft Marie empört. »Haben uns glatt die Hälfte verschwiegen!«

»Ja«, sagt Anne langsam, »das glaube ich auch. Das wollte ich gerade auch sagen. Dein Vater und meine Mutter haben uns die ganze Zeit angelogen. Knallhart die Wahrheit verschwiegen, dabei sagt meine Mutter immer, wie wichtig es wäre, ehrlich zu sein. Man muss sich selber im Spiegel anschauen können, ohne sich zu schämen, sagt sie auch gerne. Das ist doch echt ein starkes Stück!«

»Absolut!« Marie nickt. »Papa ist auch für Ehrlichkeit, unbedingt ehrlich sein. Er sagt, er glaubt nicht an Gott, aber an sein Gewissen. Und sein Gewissen würde immer zu ihm sprechen, wenn er etwas falsch macht. Ich frage mich, wo sein tolles Gewissen war …«

»Meine Mutter, die heißt übrigens Annemarie …«, sagt Anne.

Marie greift nach Annes Arm und sagt leise: »Ist es nicht unsere Mutter?«

KAPITEL 4

In dem man versucht, das Leben als Puzzle zu sehen.

Anne und Marie sind sich jetzt ganz sicher: Sie sind Schwestern, Zwillinge, die man anscheinend ein halbes Jahr nach ihrer Geburt getrennt hat.

Sie versuchen nun ihre Geschichten zusammenzufügen. Aber es ist wie bei einem fremden Puzzle, bei dem man nicht die Vorlage kennt und nicht weiß, ob man überhaupt alle Teile zur Verfügung hat. Nicht jedes Teil passt. Die Ränder sind noch unvollständig. Das Bild in der Mitte nur bruchstückhaft zu erkennen. Es ist verwirrend, mühsam, aber auch aufregend.

»Was wissen wir wirklich über uns?«, fragt Marie. »Was ist Wahrheit, und was ist Lüge?«

Wahr ist ihr Geburtstag am 8. April, auch der Ort, Ostberlin, stimmt. Wahr ist auch, dass ihre Mutter mit Anne über Bulgarien in den Westen ausgereist und in Hamburg gelandet ist. Das hat Anne ja in der WG gehört. Aber es ist anscheinend nur die halbe Geschichte, nur die halbe Wahrheit. Gelogen ist, dass Annes Vater tot ist. Gelogen ist, dass Maries Mutter tot ist. Gelogen ist auch, dass sie Einzelkinder sind.

»Wahrscheinlich haben wir alle einmal zusammen in Ostberlin gelebt. 1980 und davor. In dieser Zeit muss ... unsere Mutter dann das Berufsverbot bekommen haben.«

»Bestimmt war sie sehr unglücklich darüber«, sagt Anne.

Marie guckt sie an, sagt nichts.

»Mama muss arbeiten, sonst dreht sie nämlich durch«, erklärt Anne.

Marie lächelt. »Papa ist auch so'n Arbeitstier. Seit er sechzehn ist, spielt er Theater. Fürs Fernsehen arbeitet er auch. Richtig erfolgreich ist er. Die Olga sagt immer zu mir, Marie, dein Vater kennt keinen Sonn- und keinen Feiertag. Aber so sind die Künstler eben.«

»Wer ist denn die Olga?«, fragt Anne und überlegt, wie der Vater wohl aussieht … Vielleicht sehen sie sich sogar ähnlich? Anne möchte seine Stimme hören. Einmal seine Stimme hören! Einmal mit ihm zusammensitzen, ihn berühren, spüren, dass er »echt« ist, dass es ihn wirklich gibt.

»Die Olga arbeitet im Theater in der Kantine und manchmal auch an der Garderobe. Ach, eigentlich ist sie das Mädchen für alles«, erzählt Marie. »Und Papa ist bei uns, also in der DDR, ein

beliebter Schauspieler. Er sagt immer, er wird auf den Brettern, die die Welt bedeuten, sterben, weißt du?«

Nein, das weiß Anne natürlich nicht. Sie ist still, hört zu. Es ist ein komisches Gefühl, wenn Marie über den Vater spricht. Über ihren Vater.

Schließlich hat sie bis heute Morgen noch geglaubt, er wäre gar nicht mehr am Leben. Es ist unwirklich und seltsam. Ein bisschen so, als wäre es ein spannender Film, der Anne zwar fesselt, aber auch so, als beträfe es sie nicht wirklich. Sie muss das alles erst einmal begreifen. Dass das hier echt ist und kein Film.

Sie reden und reden. Natürlich will Anne alles über den Vater wissen, über Hannes Roemer. Marie beschreibt ihn als braunhaarigen Mann, kleiner als Annes Lehrer Kleinmann, allerdings ist der ja auch riesig. Locken hat der Vater, aber er trägt die Haare meistens kurz. Und er raucht. »Viel zu viel«, sagt Marie. »Aber beim Theater rauchen die fast alle.«

Anne hört zu und kann gar nicht genug bekommen. Dunkelhaarig ist er also, dann haben sie die hellen Haare von der Mutter, denkt sie. Komisch, jetzt hat Mama auf einmal zwei Kinder. Dabei haben ihre Eltern sie ja gar nicht *jetzt erst plötzlich* bekommen, sondern sie haben sie schon seit zehn Jahren gehabt!

»Wenn Papa für eine neue Rolle lernen muss, läuft er bei uns im Wohnzimmer auf und ab. Immer hin und her wie ein eingesperrtes Tier. Auf dem Teppich kann man seine Spuren sehen, echt! Er liest den Text immer halblaut, wieder und wieder, bis er ihn kann. Manchmal darf ich die andere Rolle lesen. Bin dann die ›Stichwortgeberin‹, das ist toll, besser als selber spielen. Also, das mag ich nämlich nicht so. Ich würde wahrscheinlich vor Lampenfieber sterben.«

Anne hängt an Maries Lippen. Einmal Stichwortgeberin sein, das wäre was. »Ich bin bei uns in der Schule seit ein paar Wochen in der Theater-AG«, sagt sie. »Macht echt Spaß, zu schauspielern. Vielleicht habe ich das ja von ihm geerbt! Sag mal, unser Vater und du, esst ihr dann zusammen im Theater, oder kocht ihr zu Hause?«

»Mindestens einmal in der Woche gehen wir ins *Gastmahl des Meeres* zum Essen. Leider, ich hasse nämlich Fisch!«, sagt Marie und seufzt. »Also mit Fisch kann man mich jagen, gar nicht wegen der Gräten. Es ist irgendwie der Geruch. Ich esse lieber Broiler.«

»Broiler?« Anne lacht. »Ich liebe Fisch, aber in Hamburg, da ist er ja auch besonders frisch, sagen alle. Aber was ist denn das bloß, das *Gastmahl des Meeres* und *Broiler*?«

»*Gastmahl des Meeres* heißen die großen Fischlokale bei uns«, antwortet Marie. »Na ja, und Broiler … weißt du wirklich nicht, was das ist?«

»Nö, keinen blassen Schimmer, Broiler, nie gehört!«

»Na Mensch, Grillhähnchen. Was denn sonst!«

»Ach so.« Anne grinst. Broiler, klingt lustig, denkt sie. »Grillhähnchen kenne ich vom *Wienerwald*. Na ja, und dann haben wir natürlich noch *McDonald's* und *Burger King*. Da bekommt man Buletten auf amerikanische Art. Aber Mama steht ganz und gar nicht auf Fast Food.«

»Fast Food, was ist das genau?«, will Marie wissen.

»Hm, ich glaube, das heißt schnelles Essen. Und es geht auch wirklich schnell. Man bestellt seinen Burger oder Pommes und schwups, drei Sekunden später hat man das Gewünschte.«

»Burger ist dann bei euch das, was bei uns ein Grilletta ist.«

Anne kichert. »Grilletta!« Dann fällt ihr plötzlich etwas ganz anderes ein. »Sag mal, hat dein … nein, unser Vater eigentlich eine Freundin? Oder ist er vielleicht sogar verheiratet?«

Marie zieht die Schultern hoch und murmelt: »Nein, geheiratet hat er nie wieder. Ob er eine feste Freundin hat, weiß ich nicht so genau. Aber ich glaube nicht. Er kennt viele Frauen, Schauspielerinnen vom Theater, Tänzerinnen von der Oper und so. Manchmal fährt auch eine von denen mit uns in den Urlaub oder ist am Wochenende dabei. Die versuchen dann immer wie eine Mutter zu mir zu sein. Interessieren sich für meine Texte. Ich schreibe manchmal Geschichten, nicht nur für die Wandzeitung in der Schule, auch einfach so. Sie bringen mir Haarspangen oder Armbänder mit, wollen mein Zimmer umräumen – und was weiß ich noch alles. Aber ich brauche keine Ersatzmutter! Und bis jetzt ist noch jede von denen nach ein paar Wochen wieder von der Bildfläche verschwunden. Er sagt ja immer, dass ich die einzige Frau in seinem Leben bin. Haha!« Marie guckt Anne an. »Er erzählt mir bestimmt nicht alles … Aber jetzt sag mal, unsere Mutter, wie ist sie? Wie sieht sie aus? Wo wohnt ihr? Hat sie denn wieder geheiratet – oder hat sie einen Freund?«

Anne beschreibt die Mutter mit ihren kinnlangen blonden Haaren. »Sie hat fast dieselbe Frisur wie du, aber ihre Haare sind etwas dunkler als unsere«, sagt sie. »Sie ist nett, sie lacht gerne und ist eigentlich meistens gut gelaunt. Aber sie kann auch schrecklich ungeduldig und wütend werden, wenn etwas nicht gleich klappt. Sie sagt immer, deshalb würde sie auch nie stricken oder nähen, das dauert ihr alles viel zu lange. Sie schreibt lieber schnell, wie ein Teufel, das sagt immer Andreas, der Fotograf aus unserer WG, weißt du.«

Marie schaut sie neugierig an. »Mann, ich würde sie so wahnsinnig gerne sehen. Mit ihr sprechen, wenigstens einen Tag mit ihr verbringen.«

»Sie ist ziemlich sportlich. Wenn sie Zeit hat, geht sie joggen, manchmal laufe ich mit. Das macht Spaß. Den Tag so anzufangen, meine ich. Wir reden dann nicht, laufen einfach nebeneinanderher. Entweder im Park oder an der Binnenalster.« Sie erzählt von der WG in Hamburg, Eppendorf, in der sie und ihre Mutter schon so lange mit Andreas, Toni und der kleinen Evi zusammen wohnen. »Mama hat auch nicht wieder geheiratet. Sie arbeitet sehr viel, oft auch am Wochenende, oder abends. Sie schreibt für verschiedene Zeitungen und das Fernsehen. Aber sie steht nicht vor der Kamera.« Anne überlegt. »Und sie hasst es, zu kochen. Zum Glück kochen Andreas und Toni gerne und gut. Die drei sind übrigens nur Freunde. Mama hat überhaupt viele Freunde und Freundinnen, manchmal reden und tanzen sie die ganze Nacht durch. Na ja, und dann ist da noch Victor. Das ist mehr oder weniger fest, glaube ich. Aber Victor lebt nicht bei uns in Hamburg. Der hat eine Pension auf Sylt und dort auch ein Lokal. Sie sehen sich deshalb auch gar nicht so oft. Also im Winter ist er natürlich öfter in Hamburg als in der Hauptsaison. Ich hab gehört, wie Mama neulich zu Toni sagte, dass sie Victor zwar sehr gerne mag ... Aber sie meinte so etwas in der Art wie, dass ihr *ihre Freiheit extrem wichtig wäre.* Ja, so hat sie es gesagt, ihre Freiheit und ihr Leben in der WG. Ach, keine Ahnung.«

Marie runzelt die Stirn. »Ich kann mir gar nicht vorstellen, wie das sein muss, in so einer Wohngemeinschaft zu leben. Seit ich denken kann, wohnen Papa und ich alleine. Immerhin in einer Dreiraumwohnung am Kollwitzplatz. Wir haben sie auch nur bekommen, weil er ein bekannter Schauspieler ist. Die meisten aus meiner Klasse wohnen in viel kleineren Wohnungen. Und die, die auch eine Dreiraumwohnung haben, mussten da ewig und drei Tage drauf warten.«

Anne seufzt. »Ich würde deinen, unseren … Vater so gerne einmal sehen. Ihn kennenlernen. Ich kann das Ganze immer noch nicht richtig glauben. Es ist zu verrückt, dass wir uns hier getroffen haben!«

Marie nickt. »Ja, das ist es.«

Aus der Ferne hören sie die Lehrerinnen rufen, es sei Zeit, schlafen zu gehen. Vom Ufer aus kann man die Stimmen gar nicht unterscheiden, ob es Frau Brandt ist oder Frau Ratloh. Während sie aufstehen und zusammen Richtung Jugendherberge gehen, sagt Marie: »Du, wir sollten das aber besser für uns behalten.«

»Ja, es ist unser Geheimnis«, antwortet Anne.

»Ja, und wenn uns jemand fragt, wie wir uns das Ganze erklären, sagen wir halt, wir hätten irgendeine gemeinsame Großtante im Ausland, oder so«, schlägt Marie vor.

Anne kichert. »Ich glaube zwar nicht, dass Julia das schlucken wird, aber was soll's.«

»Mann, ich würde so gerne einmal nach Hamburg fahren«, sagt Marie leise. Mittlerweile sind sie vor dem Eingang der Jugendherberge angekommen. Drinnen im Foyer steht die Ratlos und klopft auf ihr Handgelenk beziehungsweise auf ihre Uhr.

Marie spricht dennoch weiter: »… und unsere Mutter sehen, umarmen und mit ihr reden. Durch diese WG gehen und mich in dein Zimmer setzen …« Marie seufzt.

»Ich würde das auch gerne tun, umgekehrt natürlich, mit Papa«, sagt Anne schnell. »Wir müssen uns etwas überlegen …«

»Marie, kommst du jetzt bitte endlich rein!«, ruft die Ratlos ungeduldig und reißt die gläserne Eingangstür so heftig auf, dass diese gegen die Wand schlägt.

»Komm ja schon«, murmelt Marie. »Gute Nacht, Anne.«

»Gute Nacht!«, sagt auch Frau Ratlos – eigentlich Ratloh – und nickt Anne zu.

»Schlaf gut«, sagt Anne und geht langsam hinter der Ratlos her, die Marie wie ein Kleinkind festhält und vor sich herschiebt, als hätte sie Angst, sie könne sich losreißen und wieder zu Anne zurücklaufen.

KAPITEL 5

In dem man Nachtgedanken und Träume hat.

Als Anne und Marie wenig später in ihren Betten liegen, können sie nicht gleich einschlafen. Jede für sich ist wach und wälzt sich von einer Seite auf die andere, während die Gedanken durch ihre Köpfe jagen. Und immer wieder kommen Fragen.

Marie starrt ins Dunkle. Was ist vor Annes Ausreise mit der Mutter bloß passiert? Warum sind Papa und sie damals eigentlich nicht mitgegangen? Hätte er als Schauspieler nicht auch in Hamburg arbeiten können? Er hat Kollegen, die genau so etwas gemacht haben. Aber über die spricht er nicht gerne. Zumindest nicht mit ihr. Warum hat die Mutter nicht beide Kinder mitgenommen? Oder sie beide zurückgelassen? Die Mutter hätte ja auch der Familie zuliebe in Berlin bleiben können, denkt Marie. Vielleicht hätte sie auch etwas anderes arbeiten können? Oder bedeutete dieses Berufsverbot, dass sie gar nicht mehr arbeiten durfte?

Ohne dass sie es merkt, knetet Marie die Bettdecke zwischen ihren Fingern. So eine Achterbahn der Gefühle! Sie könnte heulen vor Freude – und das tut sie jetzt auch, still und ohne dass sie schluchzt, rinnen ihr die Tränen über die Wangen –, weil es so aufregend ist, plötzlich eine Schwester zu haben. Eine Zwillingsschwester! Und eine Mutter dazu!

In dem anderen Zimmer wirft sich Anne in ihrem Bett von der einen Seite auf die andere. Es ist so unglaublich, ja genau das hätte auch Andreas aus der WG gesagt, wenn er all das gehört hätte. Da verschweigt die Journalistin Annemarie mal eben eine Tochter und ihren Mann. Erklärt ihn einfach für tot! Dabei steht der quicklebendig Abend für Abend in Ostberlin auf der Bühne, wenn er nicht gerade Filme dreht.

»Alles Lüge!«, flüstert sie.

Ihr Papa, also Mamas Exmann, soll in der DDR berühmt sein, hat Marie erzählt. Anne kennt ihn aber nicht. Dabei schaut sie schon manchmal DEFA-Kinderfilme. Der Vater spielt wahrscheinlich eher in Filmen für Erwachsene mit. Warum hat Mama ihn verlassen? Ging es wirklich »nur« um das Berufsverbot? War dem Vater der Beruf wichtiger als seine Frau und sein anderes Kind?

Anne findet keinen Schlaf. Hat nicht gerade Mama immer ganz besonderen Wert auf Ehrlichkeit gelegt! Mama ist es doch, die die DDR so verlogen findet. »Ein Land, in dem jede Menge unter den Teppich gekehrt wird«, sagt sie gerne. Und macht sich über die angeblich freiwillig hohe Wahlbeteiligung lustig. »Das sind doch gar keine echten Wahlen … Die kommen doch mit der Urne zu dir nach Hause, um deine Stimme zu kassieren. Das kann man doch vergessen … Alles Lüge!« Und jetzt stellt sich heraus, dass Mama auch nicht besser ist. Auch sie lügt.

❧

Marie denkt währenddessen an Papa, wie er immer sagt: »Meine Einzige, meine Tochter Marie! Zum Glück habe ich wenigstens ein Kind, wenn auch keine Frau!«

Und alle Schauspielerkollegen vom Vater betonen immer, wie gut sie es habe, als Einzelkind bei ihrem Vater. Überhaupt sagen ihr alle immer, dass sie anders lebten als die meisten anderen Menschen in der DDR. Sie haben zu zweit eine große Wohnung direkt am Kollwitzplatz. Vom Balkon aus kann man den Wasserturm sehen. Papa hat auch ein Auto, einen Wartburg, und eine kleine Datsche in Brandenburg, direkt am Stechlinsee. Sogar ein Boot gehört dazu.

Er hasst Lügner und Heuchler, sagt er oft. Und jetzt hat er selber gelogen. Marie ist nicht sein einziges Kind, und ihre Mutter ist nicht nach der Geburt gestorben. Warum hat er nie erzählt, dass die andere Hälfte der Familie hinter der Mauer lebt? Er hätte das doch erzählen können. Warum sind sie eigentlich nicht in den Westen mitgegangen? Marie weiß, dass das natürlich keine einfache Sache war und ist. Aber sie weiß auch, dass es ganze Familien gibt und immer gegeben hat, die *rübergemacht haben*. Mehr als einmal war plötzlich ein Platz im Klassenzimmer leer. Darüber wurde dann aber nur hinter vorgehaltener Hand gesprochen. Na und jetzt hauen ja sowieso viele über Ungarn ab. Oder besetzen einfach die Botschaften, man braucht ja nur das Fernsehen anzuschalten, auch wenn die Westsender offiziell verboten sind, da hält sich eh keiner dran. Außerdem reden alle drüber, heimlich, aber sie tun es. »Vielleicht die letzte Chance zu gehen«, heißt es jetzt oft. Auch Marie guckt oft Westfernsehen; wenn Papa abends im Theater arbeitet, merkt er es nicht …

Papa ist einer von denen, die nie rübergehen wollen. Mehr als einmal hat er zu Marie gesagt, uns geht's hier mehr als gut, mein Kind … Hier ist unser Zuhause!

Es ist so ungeheuerlich für Marie, plötzlich zu wissen, dass die Mutter lebt – und dass es Anne gibt. Wie soll es jetzt bloß weitergehen? Was sollen sie nach Ungarn tun? Denn dass es nicht so weitergehen soll wie bisher, das haben sich Marie und Anne versprochen. Aber wie können sie etwas ändern? Wie kann man mit zehn Jahren etwas ändern? Wie und wo sollen sie sich bloß wieder treffen? Schließlich leben sie nicht nur in zwei verschiedenen Städten, sondern in zwei verschiedenen Ländern, auch wenn beide Deutschland heißen, aber sie sind durch eine Mauer und die Grenze getrennt.

✽

Auch Anne denkt an das, was Frau Brandt vorhin beim Abendbrot gesagt hat, dass Deutschland in zwei Staaten geteilt sei. Obwohl Herr Kleinmann daraufhin meinte, Deutschland sei e-i-n geteiltes Land, dass aus zwei verschiedenen Welten bestünde.

Anne grübelt weiter. Und auf einmal fällt ihr etwas ein. Es ist eine Geschichte, die Toni ihr einmal vorgelesen hat. Eine Art Mädchentausch. In dem Buch hat niemand von den Erwachsenen eine Ahnung, dass die Schwestern die Rollen tauschen, dass sich die eine als die andere ausgibt. So haben die Mädchen die Gelegenheit, heimlich das Leben der anderen kennenzulernen. Anne ist ganz aufgeregt. Wer sagt denn, dass Marie und sie das nicht auch machen können?!

✽

Erst spät in der Nacht können auch Marie und Anne endlich einschlafen. Die Lehrer aus Hamburg und Ostberlin haben sich inzwischen miteinander bekannt gemacht. Frau Brandt, Herr

Kleinmann, Frau Ratloh und Pionierleiterin Frau Gundler. Auch über die verblüffende und unerwartete Ähnlichkeit zwischen den beiden Mädchen Marie und Anne hat man gesprochen.

Frau Ratloh hat gesagt: »Ich gehe davon aus, dass die Eltern wussten, was sie taten! Und es soll jetzt nicht an mir sein, mich da einzumischen. Hannes Roemer ist bei uns ein beliebter Schauspieler, und ich will hier nicht für schlechte Schlagzeilen sorgen, das wäre weder für ihn noch für mich gut.«

Pionierleiterin Gundler hat heftig zustimmend genickt. Frau Brandt hat sich noch nicht wirklich entschieden. Erst mal lässt sie die Dinge laufen ... Außerdem, denkt sie, sind »die Pioniere« aus Ostberlin ja auch noch ein paar Tage hier.

Alles läuft aber eher auf eine Vereinbarung hinaus, sich nicht einzumischen, da speziell die Damen aus Berlin »nicht Schicksal spielen« wollen.

Pionierleiterin Gundler sagt: »Wer weiß schon, was in Maries Familie damals verabredet worden ist ... Und wir ... wir können jetzt sowieso nichts ändern. Unter Umständen wissen die Eltern wirklich genauestens Bescheid und wollen gar nicht, dass wir uns unbefugterweise einmischen, schmutzige Wäsche waschen!«

Auch Frau Ratloh stimmt sofort zu. »Hannes Roemer verdient einfach keinen Ärger! Ein großartiger Mann!«

Herr Kleinmann sagt dazu: »Deutschland ist geteilt, Familien sind geteilt. Manche freiwillig, manche unfreiwillig. Hier scheint es mir doch ›freiwillig‹ zu sein. Schließlich ist Anne schon fast zehn Jahre in Hamburg. Ich kenne ihre Mutter. Eine erfolgreiche Journalistin. Sie wird ihre guten Gründe für den ›Ortswechsel‹

gehabt haben. Sie ist ja schließlich nicht die Einzige, die Ende der Siebziger die DDR verlassen hat.«

Oder verlassen musste, denkt Frau Brandt. »Aber ist es nicht unsere Aufgabe, die Eltern, oder wenigstens Frau Bergmann – so heißt Annes Mutter –, darüber zu informieren, dass die Mädchen hier aufeinandergetroffen sind?«, fragt Frau Brandt jetzt besorgt.

Die anderen drei schütteln den Kopf. »Es steht uns einfach nicht zu, uns da einzumischen, da gebe ich den Kolleginnen unbedingt recht«, sagt Herr Kleinmann gestelzt.

Frau Brandt will sich mit ihrem Kollegen jetzt nicht streiten. Obwohl sie anderer Meinung ist, schweigt sie.

Bald darauf verabschiedet man sich, wünscht sich freundlich eine gute Nacht, geht zu Bett und schläft rasch ein.

Nur Frau Brandt liegt noch lange wach. Sie ist im Laufe des Tages immer mehr von ihrer Doppelgängeridee abgerückt. Sie

weiß einfach nicht, wie sie sich verhalten soll. Selbst wenn die Eltern von Anne und Marie vor vielen Jahren mal eine Entscheidung getroffen haben, bezüglich der Kinder, denkt sie, könnte es ja sein, dass sie diese Entscheidung gerne wieder rückgängig machen wollen. Vielleicht wissen Annes und Maries Eltern auch gar nicht, wie sie vorgehen sollen. Schließlich darf Frau Bergmann, Annes Mutter, als ehemalige Bürgerin der DDR nicht wieder in das Land einreisen. Vielleicht sollte sie die Mädchen heimlich fotografieren und ihr die Aufnahme schicken. Sie nimmt sich vor, auf jeden Fall in Hamburg mit Frau Bergmann zu sprechen oder ihr zu schreiben. Wer weiß, ob diese wirklich darüber informiert ist, wo Annes Schwester lebt. Vielleicht hat sie keine Ahnung. Vielleicht wurde ihr das andere Kind damals einfach weggenommen! Frau Brandt seufzt.

Andererseits, was ist, wenn diese Frau Ratloh recht hat? Wenn es irgendwelche Vereinbarungen gibt und sie unerwünscht in der Vergangenheit fremder Leute herumstochert und schlafende Hunde weckt? Oder was ist, wenn dieses Mädchen überhaupt nicht Annes Schwester ist? Dann macht sie sich nicht nur unbeliebt, sondern überall auch noch lächerlich. Du liebe Güte! »Verschieben wir es auf morgen!«, murmelt sie müde.

※

Marie schläft. Sie träumt von einem riesigen Eisbecher, den sie Unter den Linden im Operncafé isst; sosehr sie sich bemüht, das Eis wird nicht weniger. In ihrem Traum ist es sehr wichtig, den Eisbecher leer zu essen. Doch sie schafft es nicht.

»Du musst dir einfach mehr Mühe geben«, sagt die Kellnerin zu ihr.

Und in dem Moment erkennt Marie, dass es sich bei der Kellnerin um die verletzte Pionierleiterin Schmöckwitz handelt. Ihr Bein ist dick bandagiert, und sie sagt, sie werde Marie von nun an gut im Auge behalten. Verschwitzt fährt Marie hoch und liegt dann wieder eine Weile wach.

❋

Auch Anne träumt. Im Traum ist sie zu Hause in der großen WG-Küche in Hamburg gerade dabei, ein riesengroßes Puzzle auf den Boden zu legen. Es ist noch lange nicht fertig, aber man kann bereits erkennen, dass es sich um einen Menschen handelt. Der Mensch hat zur einen Hälfte ein weibliches Gesicht und zur anderen ein männliches. Wo sind bloß die übrigen Teile?

Anne kriecht verzweifelt auf dem Boden umher, krabbelt auch unter den Tisch. Die Brotkrumen picken ihr in die Knie. Sie krabbelt dennoch auf allen vieren bis zur Speisekammer. Nichts. Sie schaut in den Bauernschrank mit dem Geschirr und den Töpfen. Guckt auch in die Regale, aber sosehr sie sich bemüht, sie kann einfach nicht alle Puzzleteile finden. Darüber ist sie schrecklich unglücklich und weint. Es ist ungeheuer wichtig, alle Teile zu finden. Das weiß sie. Sie bemerkt erst jetzt, dass es sich bei der einen Gesichtshälfte des Puzzles um ihre Mutter, um Annemarie handelt. Die zweite Gesichtshälfte kann man nicht richtig erkennen. Noch nicht.

Und dann entdeckt sie plötzlich Marie und sich, so wie sie jetzt aussehen, aber sie sind nur noch höchstens dreißig Zentimeter groß. Sie sitzen beide auf dem Boden, direkt neben dem Kartoffelkorb, in dem die Kartoffeln bereits grüne Triebe haben, und singen »Guten Abend, gute Nacht, mit Röslein bedacht …«

Das hat Mama ihr eine Zeit lang jeden Abend vorgesungen. Unverständliche Worte vor sich hin murmelnd, wirft Anne sich im Bett hin und her. Ihr Nachthemd klebt an ihrer verschwitzten Haut.

Sie merkt gar nicht, wie Julia aufsteht und leise an ihr Bett tritt. Die Freundin streicht ihr mit der Hand über die Stirn, wieder und wieder. Sie wartet, bis Anne ruhig schläft. Dann geht auch sie wieder in ihr Bett.

»Du hättest mir alles erzählen sollen«, murmelt Julia. »Ich hätte dir bestimmt helfen können, dann hättest du jetzt vielleicht keinen schlechten Traum. Ich bin doch deine Freundin!«

KAPITEL 6

In dem man sich verdoppelt.

Am nächsten Morgen ist der Himmel zwar verhangen, aber warm ist es dennoch. Im Frühstücksraum ist es laut. Benny schreit: »Nem értem!«

»Das heißt, das verstehe ich nicht«, erklärt Christian. Überhaupt scheinen alle etwas Ungarisch gelernt zu haben, gestern, während Anne und Marie am See miteinander geredet haben. Sie rufen für Anne unverständliche Worte über den Tisch. »Viszlát!« – »Szívesen!«

Die Lehrer vereinbaren, dass beide Gruppen heute den Tag getrennt voneinander verbringen werden.

Als Marie und ihre Klasse mit dem Frühstück fertig sind, beginnen die Kinder abzuräumen, auch Anne steht auf und hilft Geschirr herauszutragen. In der großen Küche können sie kurz miteinander sprechen.

Marie flüstert: »Wir müssen nachher unbedingt reden, und überlegen, wie es jetzt weitergehen soll!«

»Unbedingt! Du, mir ist da in der Nacht eine tolle Idee gekommen. Das könnte die Lösung sein ...«, sagt Anne verschwörerisch. »Aber lass uns besser später reden. Das darf niemand hören!«

»Gut, ich bin gespannt wie ein Flitzebogen!«, sagt Marie und lacht.

»Aber ich kann warten.« Dabei kann sie es wirklich kaum noch aushalten, abzuwarten und zu hören, was Anne sich da ausgedacht hat.

Während Marie und Anne mit ihren Klassen eine Wanderung an den Plattensee machen, sind sie in Gedanken beieinander.

Endlich ist es Nachmittag, und alle haben frei. Wieder spielen die Kinder aus Berlin und Hamburg zusammen Brennball, Federball oder gehen schwimmen. Auch Julia und Melli gehen mit ein paar anderen ins Wasser. Danach setzt sich Julia zu Anne.

»Jetzt sag doch mal, wie war's gestern?«, fragt Julia.

»Komisch irgendwie«, antwortet Anne. Mehr sagt sie nicht. Mehr will sie erst mal nicht sagen.

Julia wird langsam richtig sauer, weil Anne mit ihr einfach nicht über Marie spricht. Sie hat es vorhin schon beim Wandern mehrmals versucht, Anne mit Fragen zu löchern. Ohne Erfolg. Das ist doch glatter Verrat! Sie haben geschworen, sich *immer* alles zu sagen. Und nun das … So verhält sich doch keine Freundin! Dabei will sie Anne doch beistehen. Wäre doch dieses Marie-Mädchen bloß nicht hier.

Julia versucht es noch einmal. »Was heißt komisch? Ich meine, ja, es ist schon komisch, dass da plötzlich so ein Mädchen aus dem Osten auftaucht und dir so doll ähnlich sieht. Was sagt sie denn dazu?«

»Wir haben beide keine Ahnung, warum wir uns so ähnlich sehen. Es könnte ein riesengroßer Zufall sein«, sagt Anne ausweichend. Sie sieht Julia nicht an, murmelt: »Vielleicht haben wir eine gemeinsame Verwandte … Das haben wir uns gestern überlegt. Meine Mutter könnte ja zum Beispiel einen Neffen haben, der wiederum eine Cousine hat, mit deren Großtante Marie verwandt ist, oder umgekehrt. Wäre ja möglich.«

Julia hat Anne überhaupt nicht mehr folgen können.

»Du hast doch auch eine Tante, die ihre Ohren von ihrem Urgroßvater geerbt hat. Dieselben Ohren hat die, sagst du doch immer«, fällt Anne noch ein.

Julia zeigt Anne einen Vogel. »Das klingt, als hätte mein Uropa seine eigenen Ohren abmontiert und weiterverschenkt.«

Es hat heute keinen Sinn, denkt Julia. Sie wird warten und später mit Anne über Marie sprechen. Spätestens in Hamburg, dorthin kann Marie ihnen nicht folgen. Julia kann es gar nicht mehr erwarten, bis sie Marie endlich wieder los sind. »Seht ihr euch gleich?«

»Vielleicht.« Anne starrt auf den See.

Julia reicht es. »Ich finde es ganz schön blöd von dir, dass du mit mir nicht über die Sache redest. Und du willst meine Freundin sein!« Vor Enttäuschung und Wut schießen ihr die Tränen in die Augen. Sie springt auf und geht zu den anderen. Und sie beschließt, zur Abwechslung Anne jetzt mal links liegen zu lassen. Soll die ruhig mal sehen, wie das ist.

Aber zu Julias Ärger bemerkt Anne in diesem Moment gar nicht, wie sehr sie die Freundin verletzt hat. Anne ist gerade viel zu aufgeregt, um Julias Gefühle zu verstehen. Sie muss jetzt unbedingt mit Marie sprechen. An etwas anderes kann sie nicht denken.

Sie läuft zu Marie, die unter einer großen Birke in Ufernähe sitzt. Bestens, hier können sie endlich ungestört miteinander reden!

»Ich möchte einfach wissen, ob unsere Eltern das damals alles so ausgemacht haben«, sagt Marie. »Also, ob sie gemeinsam beschlossen haben, dass es genau so laufen soll, dass man die Familie einfach in der Mitte teilt.«

»Vielleicht mussten sie es ausmachen?«, schlägt Anne vor.

»Könnte sein. Vielleicht dachten sie ja, es wäre so das Beste für alle, die jeweils andere Hälfte totzuschweigen. Weil es ja für uns sowieso nicht möglich ist, zu euch in den Westen zu fahren«, überlegt Marie. »Weißt du übrigens, dass ihr auch nicht zu uns in die DDR kommen dürft? Ehemalige Bürger, also Republikflüchtlinge, sind bei uns unerwünscht. Wer geht, der geht für immer. Das haben wir in der Schule besprochen. Soll bestimmt abschreckend klingen. Papa sagte neulich, er wüsste auch gar nicht, wieso er ausreisen sollte. Er wird in der DDR geliebt. Er hat bei uns seine Arbeit, das Theater und seine Anhänger. Er sagt auch in letzter Zeit oft, wenn jetzt alle gehen, kann das Ganze erst recht nicht klappen. Wir werden wohl nie Republikflüchtlinge sein.« Sie seufzt.

»Wie sich das anhört, Republikflüchtlinge!« Anne schüttelt sich. Sie findet das ist ein komisches Wort: R-e-p-u-b-l-i-k-f-l-ü-c-h-t-l-i-n-g-e. Wer flüchtet eigentlich vor wem? »Aber warum soll man nicht dort leben können, wo man möchte. Wenn es für unseren Vater in der DDR gut klappt, dann ist das ja seine Entscheidung. Wenn man aber wie Mama nicht mehr arbeiten darf, dann muss man weggehen.«

»Ja, schon«, sagt Marie. »Ja. Vielleicht war das ja damals auch der Grund. Papa hatte, was er wollte, und unsere Mutter nicht.« Es fällt ihr immer noch schwer, plötzlich *unsere Mutter* zu sagen.

»Vielleicht. Die Eltern von meiner Freundin Julia haben sich auch getrennt. Der Vater lebt in Frankfurt, und sie hat so gut wie keinen Kontakt mehr zu ihm. Ich glaube, Julias Mutter schweigt den Vater auch tot.«

»Ja, aber das ist schon anders als bei uns. Wenn Julia ihn sehen will, dann könnte sie das«, sagt Marie. »Uns beiden wurde ja die Hälfte der Familie verschwiegen! Und wenn ich Mama plötzlich hätte sehen wollen, wäre es eben nicht gegangen …«

»Vielleicht wollte Mama uns beide mitnehmen, und Papa hat gesagt, lass mir wenigstens ein Kind, wenn du schon gehst«, sagt Anne.

Obwohl das eigentlich alles gar nicht komisch ist, müssen beide in diesem Moment lachen. »Welche hättest du denn gerne, Liebling«, flötet Anne mit verstellter Stimme und kichert. »Das Baby links von dir oder das andere?«

Marie lacht und brummt in tiefem Bass zurück: »Egal, meine Liebe, die sehen doch sowieso beide gleich aus. Gib mir einfach eins …!«

Julia hört und sieht, wie die beiden sich vor Lachen biegen, und hakt sich bei Melli ein. Sie ist eifersüchtig. »Komm, Anne hat ja seit Neuestem keine Zeit mehr für uns.«

Anne und Marie lachen jetzt nicht mehr. Anne beugt sich dicht zu Marie. »Ich wollte dir doch noch etwas erzählen. Ich hatte heute Nacht eine irre Idee …«

Marie rutscht dicht an Anne heran, die so leise spricht, dass Marie sie kaum verstehen kann.

»Also wir haben ja gestern darüber gesprochen, dass wir unbedingt die andere Hälfte kennenlernen wollen. Du mein Leben und ich dein Leben. Du kannst mich ja nicht besuchen und ich dich nicht, weil es die Mauer gibt …«, flüstert Anne. Sie sieht sich kurz nach allen Seiten um. Abgesehen von Frau Brandt, die weiter weg auf ihrem Handtuch liegt und liest, beachtet sie kein Mensch – nicht einmal mehr Julia. Die ist jetzt wirklich eingeschnappt.

Dennoch flüstert Anne immer noch, als sie Marie ihren Plan beschreibt. »Es gibt eigentlich nur eine Möglichkeit …«

»Und die wäre?«, fragt Marie neugierig.

»Wir tauschen!«

Verblüfft guckt Marie Anne an. »Wir tauschen?«

»Ja, wir tauschen, du bist ich – und ich bin du, verstehst du?«

Langsam dämmert es Marie, was Anne ihr da Verrücktes vorschlägt.

Den Plan vom Mädchentausch. Rollentausch.

»Ich bin du – und du bist ich?«, wiederholt Marie langsam und blickt Anne fragend an. Anne nickt. »Genau, du bist ich – und ich bin du.«

Marie überlegt nicht lange. »Einverstanden, absolut einverstanden«, sagt sie und lächelt. Ihr Herz klopft bis zum Hals. Eine Wahnsinnsidee! Eine gute Idee! Warum ist sie da eigentlich nicht selber draufgekommen?

»Das ist es doch, oder?!«, sagt Anne laut und lacht. »Genial, oder! Du bist ich – und ich bin du!« Es klingt wie ein Zauberspruch für sie.

»Ja, ja, aber Vorsicht, nicht so laut!«, Marie hat jetzt Angst, dass jemand etwas mitbekommt. »Komm, wir gehen hier am Ufer ein bisschen spazieren, bis zu dem kleinen Kiosk dahinten, dann können wir in Ruhe über alles sprechen. Wie wir es machen.«

»Ja, denn es darf kein Mensch merken, ist ja klar!«

»Klar wie Kloßbrühe, würde die alte Olga dazu sagen«, meint Marie.

Und das ist der Plan: Anne Bergmann wird nicht zurück nach Hamburg fahren, sondern als Pionierin Marie Roemer nach Ostberlin zum Vater, den sie noch nie zuvor in ihrem Leben gesehen hat.

Und aus der echten Marie Roemer wird Anne Bergmann. Sie wird nach Hamburg zu ihrer Mutter Annemarie fahren, die ihr völlig unbekannt ist, und mit ebenfalls völlig Unbekannten, nämlich Andreas, Toni und der kleinen Evi, in einer WG leben.

Das heißt, Anne und Marie werden von nun an in Städten leben, die beide zu Deutschland gehören, aber ihnen jeweils genauso fremd sind wie der Südpol.

Sie ziehen sich die Schuhe aus und stapfen barfuß durch das flache Wasser am Ufer. Es gibt so viel zu bedenken.

»Damit das klappt, müssen wir uns gegenseitig alles ganz, ganz genau beschreiben«, sagt Anne und seufzt. »Vielleicht sollten wir es wie in diesem Kinderbuch machen, von dem ich dir erzählt habe ... Die beiden Mädchen haben sich ihr ganzes Leben aufgeschrieben. Und die wichtigsten Orte, Namen und Dinge. Ich glaube, das sollten wir auch tun. Ich habe nämlich irgendwie das Gefühl, dass ich eine ganze Menge lernen muss. Ihr habt so viele Regeln und Lieder bei den Pionieren, sagt auch unser Lehrer Herr Kleinmann. Und wer weiß, was ihr in der Schule macht. Das ist bestimmt ganz anders als bei uns!«

Marie beißt sich auf die Lippen. »Wir müssen jetzt einfach jede freie Minute ausnutzen und uns alles haarklein erzählen. Ich habe ja umgekehrt auch keine Ahnung, wie das bei euch alles so läuft. Ich kenne ja auch nicht alle Lieder, die du singst oder gerne hörst. Oder alle Filme, die du schon im Kino oder im Fernsehen gesehen hast. Ach, es gibt bestimmt tausend Sachen im Westen, die ich nicht kenne. Und die Thälmann-Lieder, Mensch, die bringe ich dir bei. Das schaffst du schon! Wenn ich singen kann, kannst du es auch, oder? Schließlich sind wir Zwillinge. Zur Not bewegst du am Anfang nur die Lippen mit.«

Anne nickt. Sie ist in diesem Moment so aufgeregt, als wären plötzlich Weihnachten und Ostern zusammen auf ihren Geburtstag gefallen.

»Wir haben ja wirklich viele Thälmann-Lieder ...« Marie überlegt kurz. »Das Beste wird sein, ich schreibe sie dir einfach alle auf. Immerhin hast du Schwein, dass ich nicht auf einer Russischschule bin, dann würden wir bereits seit der dritten Klasse Russisch lernen. Aber wir bekommen es erst im nächsten Schuljahr. Da brauchst du kein Muffensausen zu haben.« Sie grinst, als sie Annes erschrockenes Gesicht sieht.

»Mir reicht es ja so schon, was ich alles lernen muss!«, stöhnt Anne.

»Du schaffst das!«, behauptet Marie.

»Ich hab schon ein bisschen Angst«, gibt Anne zu. Auch wenn sie jetzt immerhin kein Russisch lernen muss.

»Brauchste nicht zu haben.«

Anne seufzt. »Ihr habt zwar noch kein Russisch, aber dafür 'ne Menge ulkiger Ausdrücke, die ich alle nicht kenne.«

»Musste eben die Ohren gut aufsperren«, rät Marie. »Wird schon schiefgehen. Außerdem, Papa berlinert nicht, er spricht Hochdeutsch. Als Schauspieler legt er nämlich Wert auf gutes Deutsch!« Sie verdreht die Augen. »Na ja, und was die Schule angeht, Pionierkleidung wird nur ganz selten, zu besonderen Anlässen getragen. Vor jeder Stunde gibt's halt den Pioniergruß, aber in Kurzform. Die Lehrer sagen ›seid bereit‹, und wir antworten ›immer bereit‹. Manche Stunden finden in anderen Räumen statt. Aber da hältst du dich am besten an meine Freundin Leonie. Du weißt, das ist die kleine Rothaarige. Die hast du doch gleich am ersten Tag gesehen. Neben ihr sitze ich schon seit der Ersten. Turnen haben wir in der Halle neben der Schule«, sagt Marie. »Turnsachen besser nie vergessen!« Sie überlegt. »Na ja, und dann ist da noch der Klavierunterricht bei dem Rheinhard. Habe ich seit vier Jahren, und du, spielst du auch ein Instrument?«

»Stell dir vor, ich hab auch seit vier Jahren Klavierunterricht«, sagt Anne. »Der Lehrer kommt zu uns nach Hause. Er heißt Heiner Heinrich.«

»Ulkiger Name«, sagt Marie, sie kichern und sind erleichtert.

Und so geht es immer weiter und weiter …

Anne erzählt von ihrer besten Freundin Julia. »Wir sitzen auch zusammen. Sie wohnt mit ihrer Mutter bei uns um die Ecke. Wir wohnen ja in Eppendorf in der Hegestraße. Morgens gehe ich immer mit Julia zusammen zur Schule. Wenn sie noch nicht an der Haustür ist, warte ich auf sie. Manchmal kaufen wir uns noch beim Bäcker ein Laugencroissant, oder nach der Schule Gummibärchen.«

Marie grinst. »Haribo, hab ich doch auch schon gegessen! Bekommt man bei uns ja auch ab und zu. Vor allen Dingen, wenn man Vitamin B hat.«

»Vitamin B?«, fragt Anne verständnislos.

»Beziehungen«, erklärt Marie.

»Ach so. Na ja, Mama ist nicht so begeistert, wenn ich ständig Süßes esse, wegen der Zähne.«

Marie nickt. »Wir wohnen im Prenzlauer Berg, direkt am Kollwitzplatz. An der Ecke ist ein Lokal, das *1900*. Da isst Papa gerne Kartoffelsuppe. Ja – und zur Schule hast du es nicht so weit. Ich gehe oft mit Leonie zusammen, aber nicht immer. Sie wohnt auch ganz in der Nähe, in der Husemannstraße. Ich werde dir den Weg aufzeichnen, aber es ist auch nicht weit.«

Sie reden und reden, versuchen aus dem Kopf alles, so gut es geht, zu beschreiben. Je mehr sie erzählen, desto mehr Einzelheiten fallen ihnen ein: Der Vater redet morgens nicht gerne, die Mutter dafür umso mehr.

Der beste Freund des Vaters heißt Achim. Er arbeitet als Bühnenbildner an der Oper Unter den Linden. Die Mutter hat keine *beste* Freundin, dafür aber viele Freunde und Freundinnen. Sie versteht sich mit Andreas, dem Fotografen aus der WG, sehr gut, genau wie mit Toni. Die Mutter besucht am Wochenende – wenn sie Zeit hat – gerne zusammen mit Anne Ausstellungen in der Kunsthalle oder im Museum. Manchmal gehen sie in den Zoo, selten auch ins Kino.

»Mama und ich haben *Falsches Spiel mit Roger Rabbit* gerne gesehen, genau wie *Das Dschungelbuch*. Na ja, dass wir manchmal joggen, habe ich ja schon erzählt?«, fragt Anne.

Marie nickt. »Ja, aber lieber einmal etwas doppelt erzählen, als es gar nicht zu sagen.«

»Zweimal ist immer besser!«, ruft Anne und zwinkert Marie zu.

Der Vater fährt am Wochenende oder in den Schulferien gerne, wenn er nicht arbeiten muss, an den Stechlinsee. Manchmal übernachten sie dann in ihrer Datsche. Der Vater angelt, wobei er eher selten etwas fängt. Da Marie keinen Fisch essen mag, ist ihr das sowieso egal, aber der Vater ärgert sich. »Er ist ehrgeizig, auch beim Angeln.«

Die Mutter kommt abends manchmal sehr spät von ihrer Arbeit nach Hause, aber sie schaut immer noch einmal nach Anne und küsst sie auf die Stirn.

»Sonntags darf Mama länger schlafen, weil sie samstags beim Fernsehen oft besonders lange arbeitet. Auf keinen Fall vor neun wecken«, sagt Anne. »Und lieb wecken!«

»Klar, wie sonst? Papa mag auch kein Gekreische am frühen Morgen.«

Sie reden über die Haustür-, Wohnungs- und Fahrradschlüssel.

Über ihre Nachbarn im Haus. Sie sprechen über ihre Lieblings-
lehrer und über die strengen, ungerechten.

»Frau Gundler ist ganz in Ordnung, aber die Schmöckwitz
und der Pionierleiter Albert sind saublöd«, sagt Marie. »Hoffentlich bist du gut im Kopfrechnen?«

»Ja, schon.«

»Auch wenn du die Antwort nicht weißt, lässt die Schmöckwitz dich gerne an die Tafel kommen. Sie bringt es dann fertig
und lässt dich zehn Minuten vor der ganzen Klasse stehen. Du
kannst dir nicht vorstellen, wie blöd man sich vorkommt ...«

Anne nickt. Vor der Schmöckwitz hat sie keine Angst. Mathe
fällt ihr nämlich leicht. Sie fürchtet sich eher vor den Pionierver-
sammlungen bei diesem strengen Albert. Hoffentlich kann sie
sich alles Wichtige merken.

Sie sind jetzt an dem Kiosk angekommen, in dem man Eis,
Zigaretten, gelbe und orangefarbene Limonade und Zeitschriften bekommt. Etwa zwanzig Meter weit vom Ufer entfernt liegt
eine kleine Gasse, in der sich ein Geschäft an das andere reiht.
Bunte T-Shirts und Halstücher gibt es und Ledersandalen, die
direkt über und neben dem Eingang hängen. Und ein Geschäft
ist dort, das Anne in dem Moment besonders interessiert.

Es heißt *Fodrász*. Das muss so viel wie Friseur bedeuten, denn
drinnen sitzt zwischen lauter leeren Trockenhauben, die Marie
an große Tortendeckel erinnern, eine pummlige Rothaarige und
lässt sich die Haarspitzen schneiden, während ein jüngeres Mädchen ihr gleichzeitig die Finger massiert. Wie hingegossen liegt
die Frau entspannt auf dem Stuhl. Anne und Marie sehen sich
an.

»Denkst du dasselbe wie ich?«, fragt Marie.

»Ja!« Anne stößt die Tür auf, die mit freundlichem Glöckchengebimmel zu antworten scheint. *Kommt-nur-rein – kommt-nur-rein ...*

Anne möchte sich ihre Haare auf die gleiche Länge wie Maries schneiden lassen, also kinnlang. »Szia«, sagen Anne und Marie zur Begrüßung. Die Friseuse und das Mädchen gucken kurz hoch, murmeln ebenfalls »Szia« und arbeiten emsig weiter, schneiden und massieren.

»Komm, wir setzen uns«, flüstert Marie. Und sie nehmen auf zwei nebeneinanderstehenden Sesseln mit gelbem Bezug Platz.

Der himmelblaue Perlenvorhang, der einen weiteren Raum hinten vom Geschäftsraum trennt, bewegt sich klackernd. Eine kleine Frau kommt direkt auf sie zu und begrüßt sie freundlich. »Jó napot kívánok.«

»Ich glaube, das heißt guten Tag«, murmelt Marie. Dann zeigt sie auf Annes lange Haare und danach auf ihre. Zusätzlich macht Anne mit dem Zeige- und Mittelfinger eine Schneidebewegung.

Die Frau nickt und lächelt. Offensichtlich hat sie die Mädchen verstanden.

»Oh, hast du überhaupt genug Geld dabei?«, fragt Marie in dem Moment erschrocken.

»Ich glaube schon, vor allen Dingen Westgeld. Fünf Mark kostet in Hamburg ein billiger Kinderschnitt, wird hier nicht teurer sein. Herr Kleinmann sagt immer, Westgeld nehmen hier alle mit Kusshand.«

»Ja, klaro, eure harte Währung ...«, murmelt Marie spöttisch.

»Genau.« Anne lächelt. Sie merkt gar nicht, dass Marie ein wenig gekränkt ist, weil *ihr* Geld hier weniger wert ist als Annes.

Die Friseuse zeigt auf einen Stuhl, legt Anne einen gelben Kunststoffumhang um die Schultern und macht sich gleich an die Arbeit. Marie steht neben Anne und beäugt das Ganze kritisch im Spiegel. »Damit es nicht zu kurz wird.«

Die Frau schneidet die Haare in einem Affenzahn, so als gäbe es dafür einen Preis. Auf jeden Fall ist ihre Kollegin immer noch mit der rothaarigen Dickmadam und deren Haarspitzen beschäftigt, als sie fertig ist. »Chic?«, sagt die Friseuse zu Anne.

»Ja, sehr chic!«, antwortet Anne glücklich. Der Schnitt ist einfach perfekt. Jetzt hat sie haargenau dieselbe Frisur wie Marie. Und als sie der Frau fünf DM gibt, strahlt diese und bedankt sich.

»Köszönöm.« Sie hält den Mädchen noch die Tür auf. »Szia!«
Das scheint gleichzeitig hallo, aber auch tschüss zu bedeuten,
denkt Marie.

Als sie beide wieder draußen in der kleinen Gasse stehen und
sich in dem Spiegel neben dem Friseur begutachten, sind sie für
einen Moment verblüfft, wie extrem ähnlich sie sich jetzt sehen.
Nicht mal sie selber können jetzt noch einen Unterschied entdecken. Wer soll sie denn da noch voneinander unterscheiden
können?

Sie beschließen dennoch, gleich am nächsten Tag einen Test
zu machen. Anne wird als Marie morgen mit den Pionieren eine
ungarische Tanzgruppe besuchen.

Und Marie wird als Anne morgen einen Ausflug zum Kloster
von Tihany machen. Und schon heute Abend werden sie ihre
Nachthemden tauschen und sich in das jeweils andere Schlafzimmer legen.

KAPITEL 7

In dem man zur Probe tauscht und Pläne schmiedet.

Anne und Marie finden die absolute Ähnlichkeit zwischen ihnen fast ein bisschen unheimlich. Jetzt scheint Anne wirklich zu Maries Spiegelbild geworden zu sein.

Sie versprechen einander, niemandem unter keinen Umständen etwas von ihrem geplanten Tausch zu erzählen. Jetzt werden sie gleich in den Waschräumen ihre Nachthemden wechseln, um am nächsten Tag in dem jeweils anderen Bett aufzuwachen.

Sie suchen auf dem Rückweg zwei Kieselsteine, die sich möglichst auch so gleichen wie sie. Marie hält die Steinchen in der Hand. »Niemals und nirgendwo«, sagt sie feierlich, »werde ich unseren Plan verraten. Ich werde schweigen wie ein Grab.«

»Ich auch!«, flüstert Anne, nimmt den Stein und steckt ihn in ihre Hosentasche. »Als Zeichen für unser Schweigen.«

Sie wollen unbedingt bei ihrer Version bleiben, nach der es eben eine längst verstorbene Großtante gibt, mit der sie angeblich um fünf Ecken verwandt sind.

Es ist mittlerweile dunkel geworden. Sie stehen vor der Jugendherberge. Alle anderen Kinder sind schon auf ihren Zimmern.

Schnell huschen sie ins Haus, laufen auf Zehenspitzen durch die Halle. Marie holt ihr Nachthemd aus dem Waschraum im Erdgeschoss. Gemeinsam gehen sie hoch in den ersten Stock.

Dort schließen sie sich in der Mädchentoilette ein, damit sie niemand überrascht, und tauschen die Nachthemden.

Sie putzen sich zusammen die Zähne. Anne starrt ihr verändertes Spiegelbild an. »Hallo Marie«, flüstert sie. Marie streichelt Anne über ihre kurzen, kinnlangen Haare. »Gute Nacht, liebe Marie! Sei bereit!«

»Immer bereit! Ebenfalls gute Nacht, liebe Marie!«, sagt Anne und kichert. »Zweimal Marie, wer hätte das gedacht?«

Auch Marie lacht kurz. Mensch, wie wird das wohl alles werden? Ihr Herz rast. In dem Moment kann sie es kaum aushalten, will keinen Tag, keine Stunde länger hier sein! Am liebsten würde sie sofort in eine Zaubermaschine steigen und in Hamburg, Eppendorf, Hegestraße, zweiter Stock aufwachen.

Anne ist bereits nach unten gegangen. Auch ihr Herz klopft bis zum Hals, als sie die Klinke zu Maries Sechsbettzimmer hinunterdrückt. Was soll sie machen, wenn jemand etwas bemerkt? Leugnen, alles leugnen, denkt sie. Ich bin Marie. Marie Roemer aus Berlin! Wer sonst?

Marie will währenddessen gerade in Annes Sechsbettzimmer schleichen, als ihr zufällig Frau Brandt und Herr Kleinmann über den Weg laufen. »Du hast dich wohl im Stockwerk geirrt?«, fragt Frau Brandt belustigt.

»Ihr Berliner seid doch im Erdgeschoss untergebracht«, sagt Herr Kleinmann.

»Ja, aber ich bin's doch, Anne«, murmelt Marie. »Hab mir bloß vorhin die Haare schneiden lassen.«

Verblüfft betrachten Frau Brandt und Herr Kleinmann das Mädchen.

»Gute Nacht«, sagt Marie schnell. Nichts wie weg! Sie schlüpft schnell in Annes Zimmer, die Tür ist glücklicherweise nur angelehnt, und setzt sich auf das freie Bett. Jetzt merkt sie erst, dass ihre Beine zittern.

Das ist ja noch mal gut gegangen. Aber Julia und Melli sind noch wach. Ausgerechnet.

»He, Marie, ich glaube, du hast dich in der Tür geirrt«, sagt Melli.

»Nee, ich bin's, Anne«, behauptet Marie. »Ich habe mir nur die Haare schneiden lassen, wollte ich schon lange mal tun.«

»Echt wahr?«, Julia schaut sie erstaunt an. »Davon hast du aber nie was gesagt, Anne.«

»Ist aber so.«

»Weißt du, was ich denke?«, sagt Julia mehr, als dass sie es fragt. »Ich denke, du willst haargenau aussehen wie sie, wie Marie!«

Melli kichert. »Das hat Anne doch auch schon mit langen Haaren getan.«

Marie zuckt bloß mit den Schultern und legt sich in Annes Bett. Wie gut, dass die beiden jetzt ihre zittrigen Beine nicht bemerken können. Auf Julia muss sie aufpassen! Die scheint enorm eifersüchtig zu sein.

Obwohl sie schrecklich aufgeregt ist, schläft sie schnell ein. Genau wie Anne ein Stockwerk tiefer, so als wollten die Mädchen Kraft tanken für das Abenteuer, das vor ihnen liegt.

Am nächsten Morgen sehen sich Anne und Marie im Frühstücksraum. Verschwörerisch zwinkern sie sich zu und setzen sich das erste Mal zu der jeweils anderen Gruppe an den Tisch.

Die anderen Kinder staunen gar nicht so besonders über die

zweite Marie. Es ist, wie Melli gesagt hat, die Ähnlichkeit ist auch schon mit langen Haaren für alle gut sichtbar gewesen. Nur Frau Brandt ist beunruhigt und nimmt sich fest vor, Anne um ein Gespräch zu bitten, spätestens in Hamburg.

Sie und Herr Kleinmann sprechen dann über die geplante Wanderung. Ziel soll das alte Kloster oberhalb des Sees sein.

»Baden können wir dann heute Nachmittag, aber nur wenn es nicht regnet«, sagt Frau Brandt.

»König Andreas I. baute hier das Kloster, in dem Benediktinermönche leben und das 1055 die Begräbnisstätte seiner Familie wurde«, erklärt Herr Kleinmann.

Der Kleinmann hört sich wohl gerne reden, denkt Marie. Denn er kann gar nicht genug erklären, so als habe er in der Nacht eine Eingebung gehabt und wolle ihnen nun Ungarn und besonders den Balaton nahebringen.

»Die Römer«, sagt Herr Kleinmann gerade, »nannten den Balaton Pleso. Der ungarische Name stammt vom slawischen *blatna*, was so viel bedeutet wie sumpfige Marsch.«

»Sumpfiger Mensch?«, Melli schüttelt sich vor Lachen, prustet, sodass die Krümel aus ihrem Mund auf den Tisch sprühen.

»Ihh!«, Julia rückt ein Stückchen von Melli fort.

»Nein, nicht sumpfiger Mensch, sumpfige Marsch«, erklärt Frau Brandt geduldig, während Herr Kleinmann entnervt seufzt. Nur Marie sitzt da, hört Herrn Kleinmann und die anderen reden, ohne alles richtig zu verstehen, und guckt zu Annes Tisch. Anne hat auf diesen Augenblick gewartet und zwinkert Marie zu. Anne und die anderen Pioniere tragen heute ausnahmsweise ihre blauen Jacken und roten Halstücher.

Gleich erklärt Herr Kleinmann, dass man als Pionier die roten Halstücher frühestens ab der vierten Klasse trägt. Davor sind

sie blau. »Die müssen aber heute etwas Besonderes vorhaben, sonst ziehen sie ihre Uniformen nicht an«, sagt er.

Da hat er recht, denkt Marie.

»Klaus, was du alles weißt!«, flötet Frau Brandt. Und Herr Kleinmann lächelt geschmeichelt dazu.

Als Anne und ihre Gruppe mit dem Frühstück fertig sind, beginnen sie abzuräumen. Auch Marie steht auf und hilft Geschirr herauszutragen. In der Küche sind sie für einen kurzen Moment alleine und können miteinander sprechen.

»Wir haben gleich eine Versammlung, habe ich gehört«, sagt Anne leise. »Später treffen wir eine ungarische Kinder-Volkstanzgruppe. Deshalb tragen wir auch die Pionierkleidung. Zum Glück hat mir die Leonie geholfen, den Knoten im Tuch zu binden! Mann, ich bin so aufgeregt! Hoffentlich merkt keiner was!«

»Du schaffst das. Und nachher sehen wir uns am See. Viel Glück!«, wispert Marie.

»Gleichfalls!«, flüstert Anne. »Viel Glück bei unserer Generalprobe, so nennt man das doch beim Theater, oder?«

Marie nickt.

Und dann wird es ernst. Sie gehen los. Herr Kleinmann ist immer noch mit Eifer dabei, den ungarischen Reiseführer zu spielen. Unermüdlich nennt er Zahlen und Fakten, dass ihnen allen die Köpfe schwirren. »Mit seinen 596 Quadratkilometern Wasseroberfläche und einer Uferlinie von rund 200 Kilometern ist der Plattensee, man kann auch Balaton sagen, der größte Binnensee Mittel- und Westeuropas.« Beschwingt blickt er in die Runde. »Fällt euch etwas auf, wenn ihr euch hier umschaut?«

Marie hat sich gut auf die Reise vorbereiten müssen. Sie platzt heraus: »Es gibt hier unglaublich viele Arten. Alleine über 1000 Insektenarten am See, etwa 800 Schmetterlingsarten, 250 Vogelarten … Zum Beispiel der Schwarzspecht, Kormorane, Schwarzstörche, Waldohreulen sind hier zu Hause und …« Sie stockt, einige Kinder kichern. Ihre Wangen brennen. Alle gucken Marie verblüfft an, auch Herr Kleinmann.

»Nicht schlecht, Anne. Ich wusste gar nicht, dass du dich so gut informiert hast.«

Ein paar Kinder kichern immer noch.

Oje. Sie muss sich wohl etwas zurückhalten, denkt Marie. Und Julia schaut sie neugierig an. Ob sie etwas ahnt?

»Das Kloster, zu dem wir nachher kommen werden«, sagt Herr Kleinmann, »ist zugleich auch die Begräbnisstätte der Familie von König Andreas I.«

»Hat er doch vorhin schon gesagt«, stöhnt Melli.

»Kinder, das ist eine prächtige Aussicht, was!«, ruft Frau Brandt begeistert.

Dann bemerkt sie Maries rote Wangen und ihren nachdenklichen Blick. Sie hält sie natürlich für Anne und nimmt sich ganz fest vor, in den nächsten Tagen mit ihr zu sprechen. Unbedingt.

Später schlendern sie durch Tihany und bestaunen auf dem Marktplatz die Zwiebeln, Peperoni und Knoblauch, den man zu riesigen, dicken Zöpfen zusammengebunden hat, oder die Paprika, die pyramidenähnlich auf den Theken gestapelt worden ist. Darüber die ungarische Salami, die weiß eingehüllt von den Budendächern herabbaumelt.

Sie essen würzige Würstchen und trinken den besten Apfelsaft, den Marie jemals gekostet hat, und sie lernen, das *Vigyázat* Vorsicht heißt.

❋

Anne ist unterdessen mit den anderen Pionieren unterwegs. Sie ist vor Lampenfieber ganz still. Ihr Herz rast. Aber niemand achtet besonders auf sie. Langsam legt sich ihre Aufregung.

Frau Gundler und die Ratlos haben heute prächtige Laune. Vielleicht liegt das auch an dem Dolmetscher, der sie alle zu der ungarischen Volkstanzgruppe begleiten soll. Er heißt Andrássy, ist klein, hat aber einen *ungemein feurigen Blick*. Das hat die Gundler allen Ernstes leise zur Ratlos gesagt. Aber nicht leise genug. Anne und Leonie haben es deutlich gehört. Leonie kichert schon seit Minuten darüber. Denn der *feurige* Ungar hat auch einen mächtig großen, gezwirbelten Schnurrbart, überhaupt scheint sein Kopf fast ein wenig zu groß für seinen schmächtigen Körper zu sein. Und an alles hängt er ein »chen« dran.

»Das sind also die Berliner Kinderchen?«, fragt er und reicht ihnen allen höflich der Reihe nach die Hände. »Freit mich serr!«, sagt er mit seinem lustigen Akzent.

Unterwegs verzichten sie auf ihre üblichen Lieder, weil Herr Andrássy ihnen nun den Balaton erklären will. Die Flora und Fauna hier. Den riesigen Balaton nennt er ernsthaft »das Seechen«! Als wäre der Plattensee eine Art Gartenteich. Ein ulkiger Kerl!

»... ausgezeichnetes Weinchen gibt es hier«, tönt Herrn Andrássys Stimme in dem Moment in Annes Ohr. Er spricht gerade zur Ratlos gewandt, die tatsächlich, als wolle sie ihrem Spitznamen gerecht werden, ratlos in die Gegend blickt. Vielleicht denkt sie ja, die Weinflaschen wüchsen hier am Baum? Anne grinst. Eigentlich könnte so etwas schön aussehen. So ein Baum über und über voll behängt mit grünen Flaschen.

Ohne dass Anne es gemerkt hat, sind sie an ihrem Ziel angelangt. Es ist ein eingeschossiges, gelb gestrichenes Haus, in dem sie die ungarische Kindertanzgruppe treffen sollen. Die älteren Schulkinder, die ebenfalls zu der Tanzgruppe gehören, werden erst zum Mittagessen dazukommen.

»Kinderchen, bitte alle einzutreten«, sagt Herr Andrássy und klatscht in seine Hände. Drinnen werden sie bereits erwartet. Im großen Spielzimmer hat man ihnen zu Ehren Platz geschaffen, die Tische an die Wand geschoben und für sie als Zuschauer Bänke und niedrige Kinderstühle zusammengestellt.

Drei ältere Herren stehen da, mit ihren Geigen, die sie jeweils auf die linke Schulter gelegt haben. Sie tragen dunkle Hosen, weiße Hemden und rote, bestickte Westen. Als Anne und die anderen in den Raum kommen, beginnen sie gleich zu spielen. Im gleichen Moment kommen auch, aus einem hinteren Raum,

die ungarischen Tanzkinder dazu. Auch sie tragen weiße Blusen, aber die Jungen rote Hosen, die Mädchen Röcke. Während sich die Pioniere setzen, rufen ihnen die ungarischen Kinder »Üdvözöl vkit!« zu.

»Sie heißen euch willkommen«, erklärt ihnen Herr Andrássy. »Es ist hier üblich …«

Der Rest seines Satzes geht im lauten Geigenspiel der Männer unter. Es ist ein lustiges Aufeinandertreffen, denn Herr Andrássy kann sich ja nicht zweiteilen.

Anne und Leonie versuchen sich auch ohne Dolmetscher mit den ungarischen Kindern und ihren freundlichen Erzieherinnen zu verständigen. Irgendwie klappt das dann auch. Am besten gelingt es, als sie nicht mehr länger nur zuschauen, sondern miteinander tanzen und singen.

Beim Singen stellt Anne sich einfach in die zweite Reihe und bewegt wirklich nur den Mund. Und das klappt. Zumindest fällt es keinem auf. Dennoch ist sie erleichtert, als es Mittagessen gibt: Gulasch. Schmeckt besser als Andreas' Gulasch, findet Anne.

※

Auch Marie isst mit den anderen in einem kleinen Wirtshaus. Zu ihrer großen Erleichterung gibt es dort ebenfalls Gulasch und keinen Fisch. Komisch, dass Anne so gerne Fisch mag. Heißt es nicht immer, dass Zwillinge genau dasselbe mögen? Na ja, bis jetzt kannte sie keine Zwillinge persönlich. Komisch, und jetzt ist sie selber einer.

»Was grinst du denn so blöd?«, fragt Julia. »Hab ich einen Krümel im Gesicht, oder was?«

»Selber blöd, ich musste gerade an was Komisches denken.« Puh, Julia scheint sie ja ständig im Blick zu haben. Aber ansonsten ist ihre Generalprobe ein voller Erfolg.

KAPITEL 8

*In dem eine Reise zu Ende geht und letzte
Vorbereitungen getroffen werden.*

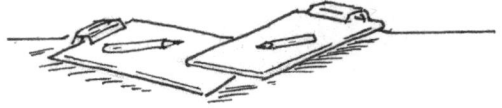

Anne und Marie verbringen nun jede freie Minute miteinander. Allerdings sind sie nun wieder in ihre alten Zimmer, zu ihren Gruppen zurückgekehrt. Sie wollen mit dem Mädchentausch erst in der Nacht vor der Abreise beginnen, um nicht vorher aus Versehen aufzufliegen.

Sie versuchen sich alles Wichtige zu erzählen und fragen sich gegenseitig immer wieder ab. Und sie versprechen, einander auch zu schreiben. Als Absender werden sie dann nicht ihre Namen, sondern Fantasienamen angeben, damit die Mutter und der Vater keinen Verdacht schöpfen.

Regelmäßig telefonieren wollen sie auf jeden Fall jeden Freitagnachmittag. Da ist der Vater so gut wie immer im Theater und die Mutter im Fernsehsender. Marie sagt, es sei möglich, vom Westen in den Osten zu telefonieren. Das habe sie gehört.

»Leonies Oma zu Beispiel wohnt in Düsseldorf, mit der telefoniert sie fast jeden Sonntag. Leonie sagt, nur manchmal klappt es umgekehrt nicht, wenn sie versucht, in Düsseldorf anzurufen.«

Anne hat bisher noch nie jemanden in der DDR angerufen. Aber das wird schon gehen, denkt sie. Schließlich kann man auch in Tokio oder New York Menschen anrufen, und das ist noch viel weiter weg. Marie und Anne wollen sich über solche

Kleinigkeiten keine Sorgen machen. Sie fiebern nur noch daraufhin, dass ihre große Sache, der geheime Mädchentausch, endlich losgeht.

Auch die Lehrer bemerken, dass die Mädchen ständig zusammen sind. Frau Ratloh und Frau Gundler wollen das einfach weiter ignorieren. Frau Brandt verschiebt das geplante Gespräch mit Anne immer wieder. Und Herr Kleinmann ist froh, dass sie bald zurück in Hamburg sein werden, dann hat dieser Mädchenspuk ein Ende, und alles wird wie immer sein.

Na ja, im Kleinen vielleicht. In den Nachrichten vorhin hat es so geklungen, als gäbe es Veränderungen in der DDR. In Leipzig haben sich mittlerweile 1000 Menschen im Anschluss an das Friedensgebet versammelt. Er hat aber nicht gehört, ob auch an diesem Tag Demonstranten verhaftet worden sind. Darüber sprechen die beiden Lehrer aus Hamburg gerade.

»Vielleicht mucken die drüben endlich doch mal richtig auf«, sagt Herr Kleinmann. »›Stasi raus!‹, sollen sie gerufen haben.«

»Und ›Reisefreiheit‹«, sagt Frau Brandt. »Wenn man denkt, was in den letzten Monaten alles geschehen ist. Es war im Mai, als Bürgerrechtler aus der DDR Wahlfälschungen aufgedeckt haben. Da hat es auch Verhaftungen gegeben und die ersten Demonstrationen.«

»Na ja, nicht umsonst heißt ›Wählen gehen‹ bei denen ›man geht falten‹, da man ja sowieso keine echte Wahl hat«, sagt Herr Kleinmann und lacht.

»Hoffentlich erleben wir in Zukunft keine blutigen Reaktionen des Staates …!«, sagt Frau Brandt besorgt.

»Weißt du, ich würde jetzt gerne mit den beiden Lehrerinnen aus Ostberlin über die Vorgänge in Leipzig sprechen. Vielleicht ergibt sich da in den nächsten Tagen noch was. Aber wahrscheinlich wollen sie das nicht, weil sie Angst haben, dass sie hier bespitzelt werden. Dabei haben sie den größten Spitzel doch bei sich zu Hause!«

Frau Brandt schaltet nicht gleich. »Wieso?«

»Na, die Stasi!«, erklärt Herr Kleinmann und grinst.

Die nächsten Tage am Balaton verbringen die beiden Gruppen aus Hamburg und Berlin bis zum späten Nachmittag häufig getrennt. Aber am frühen Abend trifft man sich entweder im großen Aufenthaltsraum und spielt und malt gemeinsam oder ist bei gutem Wetter auf der Wiese am See, geht baden und sitzt gemeinsam noch am Lagerfeuer zusammen, bis die Lehrer alle ins Bett schicken. Anne und Marie gelingt es immer wieder, sich zurückzuziehen. Die beiden müssen schließlich viel lernen und auch an die unzähligen Kleinigkeiten denken, die es diesseits und jenseits der Mauer gibt.

Anne hat sich zwar die Thälmann-Lieder aufgeschrieben. Einige kann sie besonders gut singen, wie zum Beispiel: *Wir tragen die blaue Fahne* oder *Kleine weiße Friedenstaube*. Marie ist zufrieden mit ihr. Aber es hapert noch bei anderen Liedern, sie muss einfach weiter üben. Auf jeden Fall hat sie gut zu tun. Und dann sind da noch die zehn Losungen der Jungpioniere.

Zur Sicherheit wiederholt Marie die wichtigsten Punkte kurz noch einmal: »Wir Jungpioniere lieben unsere Deutsche Demokratische Republik. Wir Jungpioniere lieben unsere Eltern.«

»Ja, wie sollen wir unsere Eltern lieben, wenn wir bisher nur einen Elternteil *kennengelernt* haben?«, fragt Anne spöttisch.

»Na, das ändert sich ja jetzt«, stellt Marie fest. »Nächster Punkt. Wir Jungpioniere lieben den Frieden. Wir Jungpioniere halten Freundschaft mit den Kindern der Sowjetunion und aller Länder.«

»Sehr witzig, ihr dürft ja gar nicht in alle Länder fahren. Wie sollt ihr denn da Freundschaft halten?«, stichelt Anne.

»Jetzt unterbrich mich doch nicht dauernd«, sagt Marie. »Das bezieht sich wahrscheinlich auf die Bruderländer wie Chile, Kuba, Ungarn, Bulgarien … Wir Jungpioniere lernen fleißig, sind ordentlich und diszipliniert.«

Anne seufzt. »Also ordentlich bin ich eigentlich nicht besonders. Andreas aus der WG, der ist ordentlich, der faltet die T-Shirts immer auf Kante und bügelt sogar gerne. Während Mama Bügeln hasst und ihre Blusen und Kleider eigentlich fast immer in die Reinigung trägt.«

»Aha, na das kann ja was werden.« Marie fährt fort. »Wir Jungpioniere achten alle arbeitenden Menschen und helfen überall tüchtig mit.«

Anne denkt daran, dass sie gerne auch mal den Müll stehen lässt und sich ums Tischdecken - oder Abräumen - durchaus schon oft gedrückt hat. Dass sie nicht immer gut ist im Türaufhalten, dass sie sich auf dem U-Bahnhof auch schon mal vordrängelt. »Ich muss mich komplett verstellen«, murmelt sie betrübt. »Aber wenn die U-Bahn kommt, und ich habe es eilig, dann kann ich nicht alle vorlassen, sonst fährt sie mir einfach vor der Nase weg.«

»Ich glaube, es geht darum, dass man sich Mühe geben soll.«

»Aha«, murmelt Anne.

»Wir Jungpioniere sind gute Freunde und helfen einander. Wir Jungpioniere singen, tanzen, spielen und basteln gerne.«

»Wann macht ihr das alles?«, will Anne wissen. »Geht ihr zusammen singend und tanzend durch die Straßen, immer auf der Suche nach kleinen Kindern, mit denen ihr basteln könnt? Oder sucht ihr verzweifelt nach einer alten Omi, der ihr den schweren Einkaufskorb und den Kartoffelsack gleich nach Hause tragt, aber erst, nachdem ihr einen Blinden sicher über die Straße geführt habt?«

Marie grinst. »Anne, du hast es erfasst!«

Beide kichern.

»Wir sind noch nicht fertig!«, sagt Marie.

»Ich weiß. Ich habe die Losungen schließlich gelesen«, sagt Anne.

»Ja, aber du musst sie auswendig können. Wir Jungpioniere treiben Sport und halten unseren Körper sauber und gesund.«

»Wir waschen uns auch im Westen, stell dir vor«, sagt Anne spöttisch.

»Echt? Das letzte Gebot lautet: Wir Jungpioniere tragen mit Stolz unser blaues Halstuch. Wir bereiten uns darauf vor, gute Thälmann-Pioniere zu werden. Das sind wir jetzt alle seit dem 13. Dezember. Deshalb tragen wir auch die roten Halstücher.«

»Puh«, sagt Anne.

»Nix da mit ›puh‹«, sagt Marie streng. »Was ist mit dem roten Halstuch? Was bedeutet es? Sag das Thälmann-Gesetz!«

»Also, wir Thälmann-Pioniere tragen mit Stolz unser rotes Halstuch und halten es in Ehren«, sagt Anne schnell. »So, und jetzt kommt's: Unser rotes Halstuch ist Teil der Fahne der

Arbeiterklasse. Für uns Thälmann-Pioniere ist es eine Ehre …
soll ich's noch weiter sagen?«, fragt Anne.

»Nee, lass mal gut sein, ich glaube, du kannst es jetzt«, murmelt Marie. »Obwohl, Vertrauen ist gut, Kontrolle ist besser. Sag
noch den Rest.«

»Du kannst einen ganz schön triezen! Also, es ist eine Ehre,
das rote Halstuch als äußeres Zeichen unserer engen Verbun-
denheit zur Sache der Arbeiterklasse und ihrer Partei, der Sozialistischen Einheitspartei Deutschlands, zu tragen. So und jetzt
reicht's mir.«

»Den letzten Satz kenne ich nicht«, sagt Marie und grinst,
»aber sonst schon recht ordentlich, Pionierin Bergmann!«

»Irgendwie ist das schon ungerecht, was ich mir alles merken
und später erledigen muss. Eh du mich jetzt auch noch danach
fragst, ich kann den Thälmann-Gruß und kenne auch das Gelöb-
nis. Und da auch ihr nicht immer sagen wollt ›Für Frieden und
Sozialismus‹, sagt ihr gerne ›Seid bereit‹, und die andere Gruppe
antwortet ›Immer bereit‹!«

Marie tätschelt Annes Arm. »Fein gemacht, Pionierin Bergmann.«

Anne lacht. »Eigentlich sollten wir alle mal tauschen, um die andere Seite kennenzulernen und zu verstehen. Also, ich meine, alle sollten das tun, die Lehrer, Eltern, einfach alle.« Sie kichert noch einmal. »Bei uns gibt's schließlich auch was zu lernen!«

»Was willst du wissen?«, ruft Marie. »Willst du wissen, wie die Landesflagge von Hamburg aussieht? Weiße Burg auf rotem Grund. Oder soll ich die Hamburger Wahrzeichen nennen? Den Michel, oder die Turmruine St. Nikolai?«

»Ich bin beeindruckt. Aber wie sieht es mit Englisch aus? Jetzt werde ich dich mal zur Abwechslung abfragen! Und danach nennst du mir Evis Lieblingsspielzeug, auch nicht unwichtig.«

»Gut. Es ist ein kleiner Esel, er heißt Yvo.«

»Toll! Und was heißt zum Beispiel *leaf*?«

»Verlassen?«, antwortet Marie.

»Nein, dann hätte ich nämlich *to leave* gesagt. *Leaf* mit f bedeutet Blatt.

»Oje!«, murmelt jetzt Marie. Sie üben weiter.

Anne rät Marie, sich von Toni abfragen zu lassen. »Mach dich nicht verrückt, wir haben noch nicht so viele Vokabeln gehabt, ehrlich nicht.«

»Ich weiß, ich muss mir nur das rote Heft auf deinem Schreibtisch anschauen«, sagt Marie. Anne nickt.

»Gut, und du wiederholst jetzt bitte noch mal die zehn Pioniergebote, damit du nicht gleich am Anfang auffliegst.«

Anne seufzt und zitiert gehorsam: »Wir Jungpioniere lieben unsere Deutsche Demokratische Republik …«

KAPITEL 9

In dem der Mädchentausch Wirklichkeit wird.

Am letzten Abend sind alle Kinder, Lehrerinnen und Lehrer am See verabredet. Selbst die beiden Busfahrer Heinz der Erste und Heinz der Zweite wollen eventuell vorbeischauen. Die Busfahrer werden die Hamburger Kinder auch wieder zurückfahren. Die Berliner Kinder reisen mit der Bahn zurück. Aber abreisen werden alle erst am nächsten Tag.

Heute Abend wollen sie ein Lagerfeuer machen. Die Erwachsenen haben sich zur Feier des Tages mit ungarischem Wein eingedeckt. Man hat auch den Dolmetscher Andrássy eingeladen, weiß aber nicht, ob er kommen wird.

»Abschied liegt in der Luft, liebe Kollegin«, sagt die Ratlos zu Frau Gundler. »Was freue ich mich auf meine vier Wände, in denen ich schalten und walten kann, wie ich will.«

Die Gundler seufzt. Sie liebt den Balaton, die Landschaft und spürt keine sonderlich große Sehnsucht nach ihrer Einraumwohnung in der Rykestraße. Bestimmt hat die Nachbarin wieder ihre Primeln vernachlässigt. Die gute Frau hat einfach keinen grünen Daumen. Nee, Berlin kann ihr gerade gestohlen bleiben. Und wenn sie daran denkt, dass sie den Kleinmann wahrscheinlich nie mehr wiedersieht. Auch wenn der Mann vor lauter Vorurteilen nur so strotzt und sie regelmäßig auf die Palme bringt ...

Reden und ein bisschen streiten kann man mit dem gut! Mit wem kann man das zu Hause schon? Wer aus dem Kollegium sagt seine ehrliche Meinung? Oder, denkt Frau Gundler, wer von denen, die ihre Meinung gesagt haben, ist jetzt noch da?

Als Frau Ratloh sie so wissend von der Seite ansieht, fühlt sie sich ertappt. Sie ist froh, dass ihr Kopf kein gläsernes Gebilde ist. Nicht auszudenken, wenn die Ratloh ihre Gedanken lesen könnte. Ach zum Kuckuck mit der! Viel wichtiger sind doch die Nachrichten aus Leipzig, die sie vorhin mit Herrn Kleinmann im Radio gehört hat. Vielleicht werden sich in der nächsten Zeit viele Dinge ändern. Wer weiß? Sie können schließlich nicht alle ins Gefängnis sperren, die freie Wahlen haben wollen. Und es werden immer mehr werden, die Freiheit auch auf anderen Gebieten fordern! Der Witz ist, denkt Frau Gundler, dass viele, so auch eine Freundin von ihr, die vor drei Jahren aus der DDR ausgewiesen wurde, dem Land nicht schaden wollen. Es ist absurd. Die Menschen, die wirklich etwas Neues aufbauen wollen, werden bestraft und behandelt, als wären sie Verbrecher. Mit der Ratloh oder der Schmöckwitz kann sie da nicht drüber sprechen. Die sind stur, rücken nicht einen Millimeter von ihren Überzeugungen ab. Sie sagen immer nur, wem es *bei uns* nicht passt, der solle doch gleich *abhauen*. Sie verstehen nicht, dass nicht alle in den Westen wollen, die mit den Zuständen in der DDR nicht einverstanden sind. Frau Gundler seufzt.

Das gute Wetter hält – abgesehen von einem kurzen Schauer – bis zum Abend. Nach dem Baden ziehen sich alle etwas Wärmeres an und setzen sich gemütlich ums Lagerfeuer. Schon längst sitzen sie nicht mehr streng nach Klassen oder Städten getrennt.

Christian, der Klassensprecher aus Hamburg, versteht sich blendend mit Ralf, der in Ostberlin auch so etwas wie ein Klassensprecher ist. Nur dass er sich Gruppenratsvorsitzender nennt. Die beiden hoffen sehr, dass man sich nächstes Jahr vielleicht wieder hier am Balaton sehen kann. Beide Jungen haben eine große Gemeinsamkeit festgestellt: Drachenbauen. Gerne würden sie sich einmal gegenseitig ihre Meisterwerke vorführen.

Die Zweige im Feuer knistern. Andächtig sitzen viele Kinder da und schauen in die Flammen. Die Herbergsmutter hat ihnen eben einen großen Korb mit geschrubbten Kartoffeln gebracht, die wickeln sie in Alufolie ein. Diese wiederum hat Frau Brandt in Tihany besorgt. Sie legen die Kartoffeln direkt ins Feuer. Und Frau Gundler, die am See mit ein paar Kindern geeignete Stöcke gesucht hat, bereitet Stockbrot vor. Dabei wickelt man das Brot um die Stockspitze und hält diese dann so lange ins Feuer, bis das Brot knusprig braun geworden ist.

Herr Kleinmann gießt Frau Gundler und sich großzügig immer mehr von dem ungarischen Rotwein ein. »Auf den letzten Abend am Plattensee, oder Balaton, wie ihr sagt«, säuselt er. »Ich heiße übrigens Klaus«, murmelt er mit leichtem Zungenschlag.

Frau Gundler errötet: »Regina Gundler. Ich meine, nennen Sie mich Gina, dass ich Gundler heiße, wissen Sie ja.«

»Die Zeichen stehen auf Veränderung ... Oder was meinen Sie, Gina?«

Sie rückt dichter an ihn heran, ohne auf die missbilligenden Blicke von der Ratloh zu achten. Sie unterhalten sich so leise, dass selbst die neugierige Ratloh kein Wort versteht, sosehr sie sich auch bemüht.

Frau Brandt, Melli und Julia versuchen unterdessen den Berlinern ein paar Lieder vorzusingen. »Schließlich singt man auch bei uns«, sagt Frau Brandt. Aber es ist dann gar nicht so einfach, sich auf etwas zu einigen. Die einen wollen Schlager singen, *Don't worry, be happy* – andere sind für Wanderlieder, *Im Frühtau zu Berge wir ziehen fallera ...* Schließlich einigen sie sich auf den Song aus dem Dschungelbuchfilm: *Probier's mal mit Gemütlichkeit ...* Und das kommt dann so gut an, dass sie es alle wieder und wieder singen.

Anne und Marie nutzen unterdessen die Zeit, um sich wieder einmal gegenseitig abzufragen. Sie gehen zum Ufer, setzen sich an »ihre« Stelle. Leise versuchen sie noch letzte Dinge zu klären.

Anne verbessert Maries englische Aussprache, die aber schon ganz in Ordnung ist. Eigentlich merkt Anne kaum einen Unterschied zu den anderen Kindern in ihrer Klasse. Obwohl die 4 a bereits seit einem Jahr Englisch lernt, können sie noch nicht besonders viel. Nur Tobi spricht es perfekt, aber der hat auch mit seiner Familie in London gelebt.

Marie fragt Anne dann noch einmal nach den Thälmann-Geboten. Die kann Anne nun rückwärts fast so gut wie vorwärts aufsagen. Noch einmal überprüfen sie sich gegenseitig ein letztes Mal: Rituale mit der Mutter oder dem Vater, beste Freundinnen, Lieblingsorte im Park, Schulweg, Lehrernamen, Essgewohnheiten, Lieblingsstücke, Ferienerlebnisse, Hobbys. Die Mädchen sind unsicher. Haben sie wirklich an alles gedacht? Schließlich wird es morgen ernst …

Im Koffer haben sie bereits die Kladden verstaut, in denen sie zusätzlich Listen über ihr neues Zuhause angelegt haben. Listen und Skizzen von wichtigen Menschen und ihren Eigenschaften, von den jeweiligen Wohnungen, der Schule und, und, und …

Julia und Anne haben sich inzwischen wieder vertragen. Anne weiß nicht, ob Julia ihr diese Großtanten-Geschichte wirklich glaubt. Julia ist einfach froh, dass Anne sich wieder mehr um sie bemüht. Außerdem, denkt sie, morgen fahren wir eh nach Hause, dann wird alles, wie es früher war. Dann hab ich Anne wieder für mich alleine! Dann können wir vielleicht auch über die Sache mit Marie sprechen.

Niemand bemerkt, dass die Mädchen bereits an diesem Abend ihre Rollen tauschen. Anne geht wieder in Maries knielangem, himmelblauem Nachthemd in den Berliner Schlafsaal im Erdgeschoss. Während Marie zum zweiten Mal in Annes knallrotes Nachthemd geschlüpft ist und nun im Sechsbettzimmer im ersten Stock bei den Hamburgerinnen schläft.

Na ja, schlafen kann man das wohl diesmal weniger nennen: Beide Mädchen liegen mit offenen Augen im Dunkeln – und fragen sich aufgeregt, wie es morgen und in den nächsten Tagen und Wochen sein wird. Der Schwesterntausch hat begonnen.

KAPITEL 10

In dem Marie Roemer als Anne Bergmann
nach Hamburg fährt.

Marie sitzt jetzt als Anne in dem schicken weißen Reisebus neben Julia. Sie starrt auf Herrn Kleinmanns Finger, die unruhig auf die Vorderlehne trommeln. Sie ist aufgeregt, und Herrn Kleinmanns zappelnde Finger machen sie noch nervöser.

Herr Kleinmann ist bei jedem Grenzübergang angespannt gewesen. Marie findet, dass er sich aufführt wie ein Schmuggler. Nicht, dass sie persönlich schon mal einen Schmuggler kennengelernt hat, aber genauso stellt sie sich einen vor. Der Lehrer wirkt nämlich wie jemand mit schlechtem Gewissen, als habe er etwas zu verbergen. Komische Type, denkt sie. Überhaupt findet sie hier einige Kinder komisch. Gleich nach dem Frühstück sind sie in den Bus gestiegen, schon haben die Ersten wieder angefangen zu essen. Als habe es seit drei Tagen nur Wasser und trocken Brot gegeben! Ist das typisch für Westler?, fragt sie sich. Oder sind die nur in Hamburg so? Oder ist speziell diese 4 a so?

In dem Moment drückt Julia ihre Hand. »Freust du dich auch so auf zu Hause?«

»Und wie«, antwortet Marie leise. Frau Brandt zwinkert ihr zu. Noch einmal nimmt sie sich vor, diese Woche mit dem Mädchen und der Mutter zu sprechen. Sie hat sich ja ein bisschen davor gedrückt, konnte sich nicht entscheiden, was nun wirklich richtig ist. Sie hofft, dass ihr das zu Hause in der vertrauten Umgebung leichter fallen wird.

Herr Kleinmann steht auf, obwohl er aufgrund seiner Körpergröße nur gebückt in dem schmalen Gang stehen kann. »Kinder, bald sind wir wieder zu Hause! Vielleicht danken wir bei dieser Gelegenheit auch unseren beiden tüchtigen Fahrern mit einem Lied!«

Heinz der Zweite schläft hinten auf der Bank, aber Heinz der Erste ist natürlich gleich in freudiger Singstimmung. »Könnt ihr *Der Hamborger Veermaster* …?«

»Klar!«, grölen alle zurück und lachen. Alle kennen das alte Seemannslied mit englischem Refrain. Alle, nur Marie nicht.

Passend zum Hafen, den man für einen kleinen Augenblick sehen kann, singen sie zusammen mit Heinz dem Ersten:

»Ick heff mol en Hamborger Veermaster sehn,
To my hoodah!
De Masten so scheef as den Schipper sein Been,
To my hoodah, hoodah ho!
Blow boys blow, for Californio,
There is plenty of Gold, So I' ve been told
On the banks of Sacramento!
Dat Deck weer vull Isen, vull Schiet un vull Smeer,
To my hoodah!
Rein Schipp weer den Oll'n sin scheunstes Pläseer,
To my hoodah, hoodah, ho-ho-ho-ho!«

Marie schaut aus dem Fenster – und staunt nicht schlecht. Sie versteht nicht alles, aber sie bekommt mit, dass es ein Seemannslied ist.

Die Ratloh und die Schmöckwitz singen auch viel, nur andere Lieder ... Da wird Anne sich noch umsehen. Aber umsehen will sie sich jetzt auch! Anne hat ihr so viel erzählt ... Von Hamburg und dem Hafen. Aber es ist so anders, alles jetzt mit eigenen Augen zu sehen. Auf diese prächtigen, sahneweißen, viergeschossigen Häuser und ebenfalls strahlend weißen, stuckverzierten Villen, die allesamt Millionären zu gehören scheinen, ist sie einfach nicht vorbereitet gewesen. Wenn sie da an das eher graue Berlin denkt ...

Hamburg sieht so sauber und unendlich reich aus. Selbst die Bäume sind gepflegt. Die Leute draußen auf den sauberen Gehwegen sind schick angezogen, so wie sie es nur aus dem Fernsehen kennt. Aber das ist hier die Wirklichkeit. Maries Herz pocht hastig. Aus den Augenwinkeln sieht sie ein gelbes Schild: *Außenalster*. Sie weiß von Anne, dass sie schon bald in Eppendorf sein werden.

Marie guckt wieder aus dem Fenster, bemerkt im Vorbeifahren einen Blumenladen, der seine Orchideen wie kleine Kunstwerke auf schwebenden Regalen im Schaufenster präsentiert. Fast alle Läden haben hier silberne oder chromblitzende Türen. Ab und zu erhascht sie noch einen Blick in die Räume, hinter den großen Scheiben sieht sie riesige, glitzernde Kronleuchter und Gemälde, die halbe Wände bedecken.

Und Autos haben die hier! Nix, mit Skoda, Wartburg oder Trabant. Nee, hier kurvt man im Luxusschlitten herum. Gerne in

Silber, Weiß oder Schwarz, wie die Karossen der Staatsmänner.

Sie halten an einer Ampel. Eine dürre Frau in einem flaschengrünen Lederanzug geht mit ihrer ebenfalls mageren Dogge, die um den Hals ein breites Lederband trägt, bestückt mit roten Steinen, über die Straße. Hund und Frau blicken hochmütig zum Bus. Keine Frage, Marie ist in einer anderen Welt gelandet.

Und plötzlich ist da wieder diese Aufregung, wie das schlimmste Lampenfieber, das Marie sich ausdenken kann. Dazu ein schreckliches Kribbeln im Bauch, auch in den Händen, die innen ohnehin feucht sind. Für Sekunden verschlägt es ihr die Sprache. Gleich, gleich … wird sie das erste Mal ihre Mutter sehen!

Als Heinz der Erste mit dem Bus dann nur wenig später in Eppendorf vor der Grundschule Knauerstraße hält, kann Marie die Mutter unter all den fremden Eltern erst gar nicht entdecken.

Hilfe! Was soll sie jetzt bloß machen? Sie kennt sie ja nur von dem uralten Foto aus Papas Schreibtischschublade und von Annes Beschreibungen. Anne hat sie auch vorgewarnt, dass ihre Mutter vielleicht länger arbeiten muss und Toni oder Andreas sie dann abholen. Wie sieht Toni noch mal aus, überlegt Marie angestrengt und schluckt. Toni hat kurze hellblonde Haare und Andreas kurze braune, oder ist es umgekehrt? Nervös blickt sie aus dem Fenster und beschließt, sich beim Aussteigen ganz viel Zeit zu lassen.

Aber dann ist alles auf einmal kein Problem. Mama ist da, steht dort vorne, gleich in erster Reihe, und winkt und lacht. Und als Marie aussteigt, fliegt sie fast in Mamas Arme. Na ja, sie berührt schon den Boden, aber es fühlt sich für sie irgendwie wie Fliegen an.

Marie umarmt ihre Mutter und lässt sich umarmen, bis ihr schwindlig wird von dieser heftigen ersten Begegnung. Schön schwindlig, denkt sie selig.

Die Mutter riecht gut. Und es ist nicht nur ihr Parfum, es ist ihr eigener Geruch, den Marie begierig aufsaugt. Ein Geruch wie sonnenbeschienenes Holz oder so ähnlich, sie kann es nicht besser beschreiben.

»Mensch, Anne, du sieht ja toll aus!«, strahlt Mama. »Die neue Frisur steht dir super! Die Ungarn scheinen wirklich was

vom Haareschneiden zu verstehen.« Mama redet und lacht und fragt, ohne richtig zuzuhören.

Sie ist Marie schon nach wenigen Momenten vertraut. Ist es vielleicht wirklich so, wie Olga aus der Theaterkantine mal gesagt hat: Blut ist dicker als Wasser?

»So, jetzt fahren wir erst mal nach Hause«, sagt Mama und nimmt Marie das Gepäck ab. »Und dann musst du alles in Ruhe erzählen. Stell dir vor, alle sind da. Toni hat Evi eher aus dem Kindergarten abgeholt, und Andreas steht gerade in der Küche. Bestimmt kocht er dir zu Ehren ein zauberhaftes Essen.«

Oje. Marie zuckt zusammen. Hoffentlich nichts mit Fisch. Aber vielleicht schmeckt der ja bei Andreas ganz anders, als sie es bisher gewohnt ist. Hoffentlich. Vielleicht kann sie ja auch sagen, sie habe in Ungarn Fleischgerichte für sich entdeckt?

Sie folgt Mama zu dem zweitürigen schwarzen Golf, der von innen nicht ganz so schick aussieht, wie es von außen den Anschein hat. Jede Menge Kram liegt auf der Rückbank, Ordner, eine Haarbürste, Zeitungen – und Marie erhascht zufällig einen Blick auf die Überschrift: »Krawalle, Übergriffe und Verhaftungen in Leipzig! Der Anfang vom Ende?« Was hat das jetzt zu bedeuten?

»Was ist da in Leipzig passiert?«, fragt Marie.

Die Mutter fährt los. »In Leipzig wehrt man sich endlich. Es gibt jetzt offiziell eine Opposition.«

»Aha«, sagt Marie ratlos.

Die Mutter lächelt. »Ich meine damit, dass sich immer mehr Menschen gegen diesen Staat wehren. ›Aufbruch 1989‹ nennen sie sich. Sie wollten als sogenannte Oppositionsbewegung jetzt zugelassen werden, aber die DDR-Regierung hat den Antrag abgelehnt. Na ja, und darüber waren viele Menschen sehr wütend. Es gab Ausschreitungen und Verhaftungen ...« Die Mutter ist immer lauter geworden. »Aber das ist ja nur die Spitze vom Eisberg!«

Marie muss die Neuigkeit erst einmal verarbeiten. Sie muss an dieses Lied denken: *Die Partei, die Partei hat immer recht ...*

Die Mutter fährt jetzt langsamer, blinkt, weil sie auf der Suche nach einem Parkplatz ist. Jetzt hat sie einen entdeckt. Aber da schießt ein silbernes, flaches Auto in Windeseile an ihnen vorbei und parkt ein.

»Miststück!«, ruft die Mutter empört.

Der dicke Porschefahrer steigt aus seinem Luxusschlitten und grinst schadenfroh. Die Mutter haut wütend aufs Lenkrad.

Ein paar Minuten später haben sie endlich einen Parkplatz gefunden. Es scheint hier viel mehr Autos als in Berlin zu geben. Aber viel weniger Parkplätze. Wie das wohl wäre, wenn alle Autofahrer gleichzeitig losfahren würden, fragt sich Marie. Das ginge ja gar nicht.

Beim Aussteigen fallen ihr gleich wieder diese riesigen weißen Altbauten auf. Schön. Auf genau so ein weißes Haus geht ihre Mutter jetzt zu. Marie beeilt sich, hüpft hinterher.

Im Erdgeschoss scheint ein Anwalt seine Kanzlei zu haben. Ein großes silbernes Schild deutet darauf hin. Auch im Hausflur wird Marie nicht enttäuscht. Links und rechts an den Wänden hängen große Spiegel. Neben einer breiten Marmortreppe mit rotem Teppich befindet sich ein alter vergitterter Fahrstuhl. Sie steigen ein und fahren hoch in den zweiten Stock.

Marie liest die Namen auf dem Türschild: Anne & Annemarie Bergmann, Andreas Heidrich und Antonia & Evi Falken. Als die Mutter gerade die Tür aufschließen will, öffnet sich diese wie von Geisterhand, und eine Frau mit sehr kurzen, über den Ohren abgeschnittenen weißblonden Haaren steht dort. Ein kleines Mädchen kuschelt sich eng an ihre Beine und dreht eine Haarsträhne um die Finger. Das muss Evi sein.

»Anne, willkommen zu Hause«, sagt Toni, während ihre kleine Tochter Evi kreischt: »Das ist gar nicht Anne! Das ist gar nicht Anne!« Sie versteckt sich hinter Tonis Beinen.

Die Erwachsenen lachen. »Natürlich ist das Anne, sie hat nur eine andere Frisur«, erklärt Annes Mutter.

Und Toni streicht Evi über den Kopf. »Kinder sind im Grunde genommen kleine Spießer«, behauptet sie. »Alles soll immer so bleiben, wie es ist. Aber Anne, komm rein und lass dich drücken! Schön, dass du wieder da bist. Und deine neue Frisur, die finde ich ganz toll! Steht dir absolut!«

Marie tritt ein und ist froh, dass ihr niemand in dem Moment den Puls fühlt. Vor Schreck hat ihr Herz wie verrückt gerast, und jetzt ist ihr übel. Für einen Moment hat sie geglaubt, die kleine Evi habe sie gleich enttarnt.

Und Evi ist auch immer noch nicht restlos überzeugt. Argwöhnisch starrt sie Marie an und sagt: »Du bist nicht meine Anne, nein, niemals nicht. Was hast du mit Anne gemacht?«

Toni kniet sich auf den Boden und schaut Evi liebevoll an. »Mausebär, jetzt ist es aber gut. Anne hat sich bloß die Haare schneiden lassen. Ansonsten ist sie wieder da, komplett unversehrt, wie mir scheint.«

Evi schiebt die Unterlippe vor und wirft Marie einen misstrauischen Blick zu.

Sie stehen in einem großen quadratischen Flur, der auf Marie so geräumig wie ein Zimmer wirkt. Sie weiß, dass Annes Zimmer hinter der dritten Tür rechts liegt und dass sich am Ende des Flurs die große Wohnküche befindet. An mehr kann sie sich gerade nicht erinnern. Zaghaft folgt sie der Mutter in Annes Zimmer. Ein komisches Gefühl ist das.

»Na, wie ist das, wieder zu Hause zu sein?«

»Gut«, beeilt sich Marie zu sagen und kommt sich schon wieder ertappt vor, »ich bin nur etwas müde von der Fahrt.«

»Na, das glaube ich. Wenn ich da an meine Klassenfahrten früher denke … Ihr habt ja wahrscheinlich sowieso nicht viel geschlafen die ganze Zeit, oder?«

»Och, es geht.« Du liebe Zeit, wenn sie weiter so einsilbig antwortet, wird die Mutter ziemlich bald etwas bemerken.

Aber sie lächelt nur, streicht sich eine Haarsträhne hinter die Ohren und sagt, Anne solle in Ruhe ihre Sachen auspacken und die dreckige Wäsche auf einen Haufen tun. »Dann lasse ich nachher gleich eine Maschine laufen. In etwa zwanzig Minuten gibt's Essen. Wir wollen den Meister mal beim Kochen nicht stören. Ich muss auch noch zwei Anrufe erledigen. Also bis gleich.«

Marie nickt. Sie sieht sich in dem großen Zimmer um. Schön ist es hier. Wunderschön. Auf dem Parkettboden in der Zimmermitte liegt ein kreisrunder roter Teppich mit kleinen türkisfarbenen Tupfen. Vor dem großen Fenster im Erker mit den dunkelroten Vorhängen steht eine Fächerpalme und ein glänzend weiß lackierter Holztisch. In zwei Metallregalen an der Wand sind massig Bücher und Spiele verstaut. Auch ein Plattenspieler, unzählige Platten und ein Kassettenrekorder sind da. Puppen und ein Teddy thronen auf einem schönen alten Holzschrank, der neben einem Klavier steht.

»Nee, das gibt's doch nicht«, flüstert Marie erstaunt. »Das ist ja Heinrich!«

Genauso einen Teddy hat sie auch. Nur wird er hier bei Anne vermutlich nicht Heinrich heißen. Sie nimmt den Teddy kurz in den Arm.

»Hallo Teddy, bei mir sitzt dein Doppelgänger, der heißt Heinrich. Vielleicht lernt ihr euch ja eines Tages mal kennen!« Irgendwie ist es tröstlich, dass der Teddy hier ist. Sie sieht sich weiter um.

Rechts von der Tür ist eine Hängematte von Wand zu Wand gespannt. In der macht sie es sich mit dem Teddy bequem, schaukelt hin und her. Sieht jetzt erst das Bett, auf dem eine rote Samtdecke liegt.

»Chic ist es hier. Na, ganz so chic ist es bei mir nicht, Heinrich. Ich nenne dich jetzt mal so. Ist gut gegen Heimweh.«

Sie springt wieder auf und läuft ans Fenster. Toller Blick auf eine Kastanie und ein verschnörkeltes, weißes Haus gegenüber.

Als sie sich vor Annes Koffer kniet und anfängt Sachen auszupacken, kommt sie sich wie in einem Traum vor. Ist es tatsächlich Wirklichkeit, dass sie jetzt hier ist? Hier in Hamburg? Bei ihrer Mutter in Annes Zimmer? Sie braucht jetzt nur aufzustehen und kann in die Küche zur Mutter laufen! Und ist es wirklich wahr, dass Anne gleichzeitig in Ostberlin bei ihrem Papa ist?

»Heinrich«, flüstert Marie dem Teddy zu, »Anne und ich haben es wirklich getan! Du bist der einzige Zeuge. Ich bin ein getauschtes Mädchen!«

Wie es wohl Anne jetzt geht?

KAPITEL 11

In dem Anne viele Eindrücke sammelt und mit dem Vater Fisch essen geht.

Anne ist noch längst nicht in der anderen Welt angekommen. Denn Marie und die Berliner sind mit der Bahn nach Ungarn, Tihany gereist. Mehr als einen Tag und eine Nacht sind sie unterwegs gewesen. Es dauert etwas länger als mit einem Reisebus. Vor allen Dingen dauert es zurück genauso lange wie hin. Das hat die Ratlos eben gesagt, als jemand wissen wollte, wie lange es dauern wird.

Eng ist es in dem Sechserabteil, in dem sich gerade zehn Kinder aneinanderquetschen. Laut ist es auch. Leonie und Rico kreischen am meisten von allen. Sie kitzeln sich ab und sind außer Rand und Band. Die Ratlos taucht alle drei Minuten bei ihnen auf und schimpft. Nutzt aber nichts.

Obwohl Anne mulmig zumute ist und der Lärm ohrenbetäubend, schläft sie irgendwann erschöpft ein. Beim Grenzübergang zur DDR wacht sie durch laute Männerstimmen auf. Sie sieht aus den Augenwinkeln Grenzzäune, gerollten Stacheldraht und Wachtürme. Ihr wird schlecht vor Aufregung. Sie muss an das Gespräch in der WG denken, als Mama von ihrer Flucht über Bulgarien erzählt hat. Was ist, wenn die Grenzer jetzt merken, dass sie überhaupt nicht Marie Roemer ist? Stecken die eigentlich auch West-Kinder ins Heim? Oder, noch schlimmer, ins Gefängnis? Dann weiß doch kein Mensch, wo sie ist! Anne beißt sich nervös auf ihre Lippen und kneift sich mit dem Fingernagel des Daumens in den Zeigefinger, um sich abzulenken. Außerdem hält sie die Luft an. Wenn sie es schafft, bis zwanzig zu zählen, dann wird alles gut. »... neunzehn, zwanzig, geschafft!«

Anne beruhigt sich wieder, atmet aus. Schließlich will sie ja nicht aus der DDR flüchten. Im Gegenteil, sie will hinein. Sie kann den Grenzbeamten dennoch nicht richtig angucken, starrt bloß immer auf den grünen Stoffstreifen, den er an seiner grauen Uniform trägt: *Grenztruppen der DDR* steht da drauf. Endlos kommt ihr diese Kontrolle vor, aber niemand schöpft Verdacht.

Irgendwann fahren sie endlich weiter. Die meisten Kinder schlafen jetzt. Draußen regnet es, und auch Anne fallen wieder die Augen zu.

»Gleich sind wir da!«, hört sie Leonie rufen.

Anne schreckt hoch und ist im ersten Moment so benommen, dass sie gar nicht weiß, wo sie sich überhaupt befindet. Aufgeregt schaut sie nach draußen und nimmt alles verschwommen wahr. Der Bahnsteig ist nicht besonders breit. *Berlin-Lichtenberg* steht auf dem Schild. Auf einem anderen Schild liest sie *Berlin, Hauptstadt der DDR*. Sind sie jetzt wirklich in Ostberlin?

Schnell sammeln sie alle ihre Sachen zusammen, ziehen die Jacken an und verlassen den Zug, kontrolliert von Frau Gundler drinnen und der Ratlos draußen.

Der Bahnhof Lichtenberg in Ostberlin kommt Anne zuerst groß vor, aber die Gänge wirken schmuddelig und dunkel, verglichen mit dem Hamburger Hauptbahnhof. Menschen hasten vorbei. Es riecht auch anders als zu Hause, ohne dass sie den Geruch genau benennen kann.

Anne stolpert mit Maries unförmiger Tasche hinter Leonie und den anderen her. Allen voran die Ratlos; was für eine komische Person! Im Zug hat sie bei jeder Frage geseufzt, anstatt sie einfach zu beantworten. Zum Glück ist sie die jetzt erst mal los.

Und dann ist da plötzlich der Vater. Dunkle Haare, braun gebranntes Gesicht. In hellen Stoffhosen, mit einem weißen Hemd und einem Lächeln läuft er ihr mit ausgebreiteten Armen entgegen, dass sie einfach nicht anders kann, als sich ihm an die Brust zu schmeißen.

Der Vater hebt sie hoch, lacht, küsst sie links und rechts und wieder links auf die Wangen. Er dreht sich mit ihr im Arm zweimal um die eigene Achse. »Hallo, hallo! Meine Marie, du bist schwerer geworden! War das Essen so gut in Ungarn, was?«

»Oder du bist bloß aus der Übung!«, sagt sie verlegen und

aufgeregt zugleich und versucht ihn nicht allzu auffällig an-
zustarren. Sieht die winzig kleinen Fältchen um seine Augen.
Welche Farbe haben die eigentlich? Grünblau? Oder Blau. Nein,
Grünblau.

Wie verrückt es ist, hier zu sein! Verrückt und unwirklich. Sie
meldet sich bei Frau Gundler und der Ratlos ab, verabschiedet
sich von den anderen und folgt dem Vater nach draußen. Herz-
klopfen bis zum Umfallen. Gummibeine, aber glücklich ist sie.

»Ich hab gleich hier einen Parkplatz gefunden«, sagt der Vater. Sie läuft neben ihm her und schaut ihn immer wieder von
der Seite an. So sieht er also aus! Groß, braune, kurze Locken,
eine Farbe ein bisschen wie Bitterschokolade – ein Lächeln auf
den vollen Lippen und eine Zigarette in der Hand. Und auch er
blickt sie an. »Schön, dass du wieder da bist!«

»Ja, find ich auch!«, sagt sie leise.

Beim Auto, einem elfenbeinfarbenen Wartburg, angekommen, verstaut er rasch ihre Tasche und den Rucksack auf der
Rückbank. Sie steigen beide vorne ein. Er fährt los, ohne sich
anzuschnallen. »Du hast mir gefehlt«, sagt er. »War eine lange
Reise, was?«

Wenn er wüsste, wie lange!

»War's schön?« Sie nickt. »Kannst du ja nachher alles erzählen.«

Er redet über das Theater und Achim, seinen Freund. »Den
können wir am Wochenende zusammen in der Oper besuchen,
wenn du magst, der bastelt gerade an einem neuen Bühnenbild.«
Guckt sie an und sagt noch einmal: »Marie, mein Mädchen, du
hast mir wirklich gefehlt!«

Sie murmelt ein »Du mir auch ...«.

Ein Glück, dass er keine Gedanken lesen kann. Er würde bestimmt nicht schlecht staunen, wenn sie ihm jetzt, in diesem Moment die Wahrheit erzählen würde. Fast muss Anne kichern, kann sich aber noch beherrschen. Stattdessen blickt sie lieber durch die Windschutzscheibe. Das ist also Berlin! Sie sieht ein großes Schild mit roter Schrift: *Arbeite mit, plane mit, regiere mit!*

Ansonsten ist es merkwürdig eintönig, grau, findet sie. Dafür scheinen die Straßen besonders breit zu sein. Aber die Bäume, sofern es überhaupt welche gibt, sind nicht sehr groß. Sie halten an einer Ampel. Huch, was ist denn das? Das Ampelmännchen ist ganz dick und trägt einen Hut! Das ist neu für sie, aber witzig.

Eine Traube von Leuten steht dort am Straßenrand und wartet brav darauf, dass es grün wird. Anne sucht weiter nach Unterschieden zu Hamburg. Abgesehen davon, dass zu Hause viel mehr Autos rumkurven, die ihr auch teurer und protziger vorkommen, ist es hier seltsam farblos. Ein bisschen so, als wäre sie plötzlich in einem Schwarz-Weiß-Film gelandet, mit ein paar bunten Punkten. Denn vereinzelt blitzt mal eine grüne Markise auf, oder jemand hat rote Haare oder eine gelbe Jacke. Aber der Gesamteindruck ist grau. Auch als sie weiterfahren, bleibt das so. Grau und eher unbelebt.

Abgesehen von diversen Imbissbuden, die sich *Grilletta* oder einfach *Wurst* nennen, scheint es kaum Geschäfte zu geben. Und wenn Anne im Vorbeifahren doch ein Laden ins Auge fällt, kommt ihr die Auslage schmucklos und karg vor. *HO* oder *Konsum* heißen hier wohl die Läden.

Wie bunt ist Hamburg dagegen mit der Kinoreklame und den farbigen Schildern, die die Geschäfte schmücken, oder den Plakaten auf Litfaßsäulen, die auf Kunstausstellungen hinweisen. Hier sind viele Fassaden, auch die von Kirchen, grau oder schwarz und wirken dadurch abweisend auf Anne.

Abwarten, denkt sie. Sie hat ja bis jetzt nur den Bahnhof und ein paar große Straßen gesehen. Vielleicht kommt ihr das alles nur so vor, weil es in Ungarn im Gegensatz zu dieser Stadt hier besonders bunt war? Der türkisfarbene Plattensee, die üppig blühenden Blumen am Balaton, die knallrote Peperoni und Paprika auf dem Markt in Tihany. Die gelb, hellgrün und rosa angestrichenen Häuschen am See, die grünen Weinberge.

»Mal gucken, ob wir Glück haben. Ja, wir haben«, sagt der Vater zufrieden und meint offensichtlich einen Parkplatz. Dabei gibt es hier einige zur Auswahl. Wenn Anne dagegen an die Hegestraße in Hamburg denkt …

Sie steigt aus und betrachtet neugierig die Häuser am Kollwitzplatz, die zumindest von außen anders aussehen als bei ihr zu Hause in Eppendorf. Obwohl es durchaus auch Stuck an den dunklen Fassaden gibt.

Selbst das Wetter ist heute lausig. Der Himmel ist genauso bleifarben wie die Straßen. Nur wenige Balkone haben Blumenkästen. Für einen Moment fühlt sie sich beklommen, dann schaut sie auf den Vater und versucht wieder zu lächeln.

Sie gehen auf das alte Haus neben dem Ecklokal 1900 zu. Es ist vierstöckig. Die Eingangstür ist aus Holz, im dunklen Hausflur riecht es nach irgendeinem fremden Putzmittel. Anne ist jetzt sehr gespannt. Die Wohnung liegt im vierten Stock. Einen

Fahrstuhl gibt es nicht. Das hat sie sich gemerkt. Hintereinander stapfen sie über knarrende Treppenstufen nach oben.

Der Vater ist etwas außer Atem, als er ihre Tasche und den Rucksack endlich vor der Wohnungstür abstellt. *M. & H. Roemer* steht schlicht auf dem Messing-Klingelschild. Er schließt auf und stößt die Tür mit dem Fuß schwungvoll auf.

»Immer herein, du weißt ja, wo's langgeht!« Er lacht.

Dabei weiß sie das ja nur von Marie …, denkt Anne und betritt neugierig die Wohnung. Auf den Dielen liegt ein alter, orientalisch gemusterter, schöner Teppich. Gleich rechts von der Eingangstür geht es in Maries Zimmer. Dort stellt auch der Vater das Gepäck ab.

»Ich muss heute erst am frühen Abend im Theater sein«, sagt er. »Wollen wir zur Feier des Tages essen gehen? Ich will doch alles hören!«

Anne nickt. »Weißt du was? Ich hab in Ungarn Fisch gegessen, und es hat mir sogar geschmeckt!«

Der Vater lacht. »Ich wusste es, früher oder später kommst du noch auf den Geschmack! Bist ja schließlich meine Tochter! Na, dann lass uns Fisch essen gehen, gerne! Ich warte im Wohnzimmer auf dich.«

Und dann steht Anne alleine in Maries Zimmer und schaut sich um. Der Raum mit den abgeschliffenen Dielen ist viel kleiner als ihr Zimmer, halb so groß, aber gemütlich. Neben einem rot gekachelten Ofen steht ein schmales Bett, auf dem eine himmelblaue gehäkelte Decke liegt. Ein großes Schwarz-Weiß-Foto an der Wand zeigt den Vater und Marie lachend in einer Gondel – auf einem Rummelplatz. Bücher sind in Hängeregalen über dem Schreibtisch untergebracht. Und da, auf dem kleinen Kleiderschrank, das ist doch Olli, ihr alter Teddybär?

»Das gibt's ja nicht«, murmelt Anne erfreut und nimmt den Teddy in den Arm. »Hallo Olli, bestimmt hast du hier einen anderen Namen, aber bei mir zu Hause, da wohnt dein Zwillingsbruder, da staunst du, was!«

Anne spaziert dann einmal durch die Dreizimmerwohnung. Manches ist hier gar nicht so anders. Dielen und Parkett auf dem Boden, Stuck an den Decken. Sie blickt neugierig in die Miniküche, die bestimmt mindestens viermal in die große Hamburger Wohnküche passt, und betrachtet andächtig das eher karg möblierte Arbeits- und Schlafzimmer des Vaters. Auf dem Parkettboden stehen bloß ein Bett, ein Schrank und ein kleiner Tisch daneben, davor ein Hocker. Aber an der Wand hängen zahlreiche Fotos, die Hannes Roemer in den unterschiedlichsten Kostümen zeigen. Mal trägt er einen grauen Bart oder einen bodenlangen Mantel. Mal schwingt er ein Schwert und schreit mit weit geöffnetem Mund, sodass man alle Zähne sehen kann. Und ein paar Aufnahmen zeigen ihn auch mit diversen Frauen im Arm.

Auch Fotos von Marie entdeckt sie dazwischen. Es ist ein sehr seltsames Gefühl, da sie ja auch das Mädchen auf den Bildern sein könnte, aber eben nicht ist. Es ist so, als habe sie Dinge erlebt, die jemand heimlich fotografiert hat, ohne dass sie sich daran erinnern kann.

Im Wohnzimmer liegt der Vater auf einem alten Samtsofa vor dem Klavier, liest Zeitung und wartet auf sie. Nachdem sich Anne in dem Bad mit der riesigen Wanne, die auf eisernen Löwentatzen steht, etwas frisch gemacht hat, gehen sie los. Die

Wohnung wird sie sich nachher, wenn der Vater im Theater ist, noch einmal ganz in Ruhe anschauen.

Wieder steigen sie in das Auto und fahren quer durch die Stadt. Diesmal schaut sich Anne den Vater noch genauer an. Und sieht kleine Härchen in seiner Nase. Versucht Ähnlichkeiten zwischen ihnen zu entdecken. Härchen in der Nase hat sie schon mal nicht. Und da, wieso ist ihr das eben nicht aufgefallen? Sein Leberfleck, direkt neben dem Mund, exakt der gleiche Leberfleck, den Marie und sie auch haben! Na bitte, zufrieden lehnt sie sich im Sitz zurück.

Anne lächelt, als sie sieht, dass das Lokal wirklich *Gastmahl des Meeres* heißt. Obwohl es nicht einmal zur Hälfte besetzt ist, müssen sie warten, bis endlich ein miesepetrig dreinblickender Kellner zu ihnen kommt. Und obwohl sie direkt vor ihm stehen, müssen sie ihm erklären, dass sie nur zu zweit sind und auch zu zweit bleiben werden. Und obwohl die Fenstertische allesamt frei sind, bekommen sie dort keinen. Anne staunt. Bei so einer Bedienung würde man in Hamburg das Lokal verlassen.

Als sie endlich sitzen, verkündet Anne: »Ich esse heute einfach mal genau dasselbe wie du. Mal sehen, ob mir der Fisch bei uns auch so gut schmeckt wie in Ungarn ...«

Der Vater freut sich. Bis das Essen kommt, reden sie, und es ist einfacher, als sie es sich vorgestellt hat. Der Vater will so viel wissen und erzählt auch eine Menge von den Tagen hier ohne sie. Auf zwei Premierenfeiern ist er gewesen. Ursula hat ihn zum Essen eingeladen. Katinka lässt grüßen. Und mit Achim war er rudern.

Wer sind denn Ursula und Katinka? Das muss sie unbedingt Marie fragen.

Aber dann erzählt der Vater noch von Hanna, Vera und Rike. Anne denkt, dass er zwar viele Frauen kennt, aber wohl keine feste Freundin hat. Nicht so eine Sache wie mit Mama und Victor. Obwohl Victor bei Mama *nicht richtig* auf Platz eins steht.

Die gebratenen Flundern werden serviert und sind köstlich. Genau wie die Salzkartoffeln. Der Vater staunt nicht schlecht, als er sieht, dass Anne, die er ja für Marie hält, der Fisch wirklich gut schmeckt.

Und Anne findet es lustig, dass sie hier im Lokal federleichtes Besteck haben. Na ja, es kommt ihr ein bisschen vor wie ihr Puppenbesteck aus Aluminium, bloß größer.

Der Vater erzählt von einer neuen Rolle, die er am Theater spielen soll. Es ist ein Stück für Erwachsene. Alles noch streng geheim …

Das ist Anne in diesem Moment ziemlich egal. Alles, was zählt, ist, dass sie endlich hier mit ihrem Vater zusammen sein kann.

Als Anne abends im Bett liegt, denkt sie: Sollen Berlins Häuser doch abweisend grau schauen! Vielleicht ist es ja wie bei den Menschen. Julia ist auch zuerst abweisend, richtig feindselig zu ihr gewesen, und jetzt ist sie ihre beste Freundin.

Wie Marie und Julia sich wohl verstehen? Schade, dass sie jetzt nicht kurz mal mit einer Zauberbrille nach Hamburg schauen kann. Hoffentlich ist dort alles in Ordnung.

KAPITEL 12

In dem Marie in Hamburg zur Außerirdischen wird und sich umgewöhnen muss.

Am ersten Abend sitzen Marie, ihre Mutter und die anderen in der großen Hamburger Wohnküche. Sie essen Steaks und Rosmarin-Kartoffeln vom Blech. Kerzen und Blumen stehen auf dem Tisch. Es sieht festlich aus, als hätte jemand Geburtstag.

Marie kommt sich jetzt nicht mehr so verloren vor. Obwohl sie sich hier immer noch etwas fremd fühlt zwischen ihrer Mutter und den beiden anderen Erwachsenen. Als Evi sich auf ihren Schoß setzt und mit ihren Haaren spielt, geht es ihr besser.

Alle scheinen nett zu sein. Andreas ist ihr genauso sympathisch wie Toni. Am tollsten ist es natürlich, dass die Mutter wirklich da ist. Und zwar zum Greifen nahe. Das ist für Marie nach wie vor das größte Wunder.

Es ist sehr gemütlich hier. Draußen regnet es. Sie haben die Kerzen auf dem Tisch angezündet. Alle fragen Marie nach der Klassenfahrt. »Der Plattensee war noch warm genug, wir konnten baden gehen, das war toll!« Sie erzählt von den Ausflügen, dem Kloster und den bunten Marktständen in Tihany.

»Hattet ihr die Jugendherberge eigentlich für euch alleine?«, will die Mutter wissen.

»Nee, da war noch eine Gruppe aus … aus Berlin.«

»Aus Westberlin?«, fragt Toni neugierig.

»Nein, aus Ostberlin ...«, antwortet Marie vorsichtig.

»Ostberlin?«, fragt Andreas erstaunt.

Die Ostberliner Gruppe finden alle interessant. Andreas wundert sich, dass DDR-Bürger überhaupt so weite Klassenreisen machen dürfen.

»Klar, nach Ungarn durften sie doch schon immer fahren«, sagt die Mutter. »Nur weil sie keine Reisefreiheit haben, heißt das ja noch lange nicht, dass sie gar nicht verreisen können. Ungarn und Bulgarien sind bei denen so beliebt wie bei uns Mallorca oder Ibiza.«

Toni lächelt und singt leise: »*Einmal um die ganze Welt und die Taschen voller Geld* ...! Ist von Karel Gott.« Zu Evi gewandt sagt sie: »Das ist derselbe Sänger, der auch das Biene-Maja-Lied singt.«

»Das kenne ich!«, ruft Evi und singt:

»In einem unbekannten Land,
vor gar nicht allzu langer Zeit,
war eine Biene sehr bekannt,
von der sprach alles weit und breit.
Und diese Biene, die ich meine, nennt sich Maja,
kleine, freche, schlaue Biene Maja ...«

Alle lachen. »Nicht schlecht!«, ruft Maries Mutter. Während Evi
vergeblich versucht, sich an die nächsten Strophen zu erinnern,
fragt Toni Marie, ob sie denn auch Kontakt zu den anderen Kindern aus der DDR hatten.

»Ja, ja ...« Marie erzählt von den Berliner Kindern, also von
ihrer Klasse, was für sie natürlich nicht schwer ist, aber dennoch
ulkig, weil sie ja so tun muss, als wären es Kinder, die sie das
erste Mal in ihrem Leben getroffen hat. Aber sie passt genau auf,
was sie sagt.

»... die waren nett. War auch interessant, mal was über die
Pioniere zu erfahren. Na ja, die Lehrerinnen kamen mir ein bisschen strenger vor als unsere. Aber sonst, wir hatten *urst* viel Spaß
zusammen.«

Ihre Mutter kichert. »*Urst*, ist ja witzig, den Ausdruck kenne ich noch, von früher. Hast du dir als Andenken mitgebracht,
was?«

Marie wird heiß. *Urst* heißt so viel wie *sehr*. Sie hat es aus rei-
ner Gewohnheit benutzt. Sie muss wirklich besser aufpassen.
Aber die Erwachsenen schöpfen keinen Verdacht. Toni spricht
weitschweifig darüber, dass so eine Ost-West-Begegnung zwischen Kindern doch die wahre Völkerverständigung sei – und so

ein Austausch in Zukunft noch viel häufiger stattfinden solle, da er ja anscheinend ungemein befruchtend sei.

Die Mutter murmelt: »Wer weiß, was in den nächsten Wochen noch alles geschieht. Bei den Montagsdemos laufen ja jede Woche mehr Menschen mit. Und die Botschaft in Prag platzt jetzt schon aus allen Nähten.«

»Da wird man bald eine Entscheidung fällen müssen«, sagt Andreas.

Die Erwachsenen beginnen dann über die DDR zu diskutieren. Toni und die Mutter sagen, dass es eigentlich so nicht mehr weitergehen wird.

Andreas schüttelt den Kopf. »Die Mauer wird noch ewig stehen, wenn's nach Honecker geht, auf jeden Fall.«

»Aber wer will noch in diesem Land bleiben?«, fragt Toni. »Wer glaubt denn überhaupt noch an die DDR?«

Marie fragt sich erschrocken, was sie genau damit meint? Denn die DDR als Land wird es ja wohl immer geben, etwas anderes kann sie sich nicht vorstellen. Ein ganzes Land kann ja nicht einfach verschwinden. Was wird dann aus dem Vater? Was wird aus ihr? Irgendwann will sie ja auch wieder nach Hause.

Evi gähnt, auch Marie merkt in diesem Augenblick, wie müde sie ist. Das liegt vielleicht auch an diesem verwickelten Gespräch.

Wenig später schläft sie tief und fest, mit dem Teddy im Arm, den sie Heinrich nennt wie ihren zu Hause. Während im Wohnzimmer Annemarie, Toni und Andreas die Nachrichten sehen.

Auch Anne sitzt in Ostberlin vor dem Fernseher. Ihr Vater ist im Theater. Sie hat sich durch die Programme geschaltet und ist bei der *Tagesschau* hängen geblieben.

Man sieht Außenminister Hans-Dietrich Genscher auf dem Balkon der überfüllten Prager Botschaft stehen. Von dort aus verkündet er, dass die Ausreise der dort versammelten DDR-Bürger genehmigt sei. Es ist die Rede von mehr als 15 000 Menschen, die in Zügen in den Westen fahren werden.

Anne sieht jubelnde Männer, Frauen und Kinder. Sie versucht zu verstehen, was das alles genau bedeutet. Es wird gesagt, die Menschen seien in die Botschaft geflüchtet, weil die DDR-Gesetze dort nicht gelten würden. Sie muss den Vater fragen. Jetzt geht sie erst einmal schlafen. Sie ist plötzlich sehr müde.

❧

Die ersten Tage in Hamburg und Ostberlin vergehen, ohne dass jemand etwas vom Mädchentausch bemerkt.

Abgesehen von der kleinen Evi, die tatsächlich nicht nachlässt und immer wieder nach der echten Anne fragt.

Beim Zähneputzen am Abend hat sie gerufen: »Meine Anne fängt immer bei den Backenzähnen an und bürstet dann erst die Vorderzähne!«

Marie ist knallrot geworden, Toni hat den Kopf geschüttelt und gesagt, Evi wäre ja ganz verdreht.

Und als Marie Evi später fragt, ob sie eigentlich gern in die Kinder-Kombination gehen würde, hat Evi gekichert. »Was ist denn eine Kinder-Kombination?«

»Na ... ein Kindergarten, also eben der Ort, wo du tagsüber

immer mit den anderen Kindern zusammen bist und spielst«, stottert Marie.

»Ich gehe in eine Kita!« Evi hat das Wort K-i-t-a gedehnt. »Das weiß doch jeder, wo ich hingehe. In so eine Kinder-Kombination würd' ich nie gehen.«

»Ja, ja, ist ja gut. Ich wollte ja nur wissen, ob es dir in deiner Kita noch Spaß macht?«

»Ja, 'türlich! Ich glaube, du bist ganz verdreht, Anne.«

Samstagmorgen, während die Erwachsenen noch schlafen, sitzen Evi und Marie in Evis Zimmer. Dort gibt es ein Hochbett, an dem Schaukeln und Ringe hängen und eine Rutschbahn befestigt ist. Wenn man mag, kann man über diese nach unten rutschen. Wenn man das nicht mag, kann man sie auch als Leiter benutzen. Als gäbe es noch nicht genug, ist neben dem Fenster eine Sprossenwand befestigt, unter der eine dick gepolsterte Matratze liegt. Weder Kaufmannsladen noch Puppenhaus fehlen, genauso wenig wie eine Truhe voller Klamotten zum Verkleiden, ein Schaukelpferd und jede Menge Platz zum Spielen. Noch nie hat Marie so ein Kinderzimmer gesehen. Wenn sie da an ihr Zimmer denkt oder an Leonies winzigen Raum, der eher einer Kammer gleicht …

»Hier!«, Evi strahlt und zeigt auf einen Haufen Legosteine. »Die hat Toni geschenkt bekommen, für mich.«

»Alle für dich, echt wahr?«, fragt Marie und setzt sich auf den Boden. »Komm, lass uns ein Schiff bauen.«

»Das Schiff fährt aber um die ganze Welt«, bestimmt Evi. »Durch alle Meere, die es gibt.«

»Klar, wir machen eine richtige Weltreise! Und jetzt sind wir gerade mitten auf dem Atlantik. Schau mal, dort ist ein großes Sichtelement mitten im Wasser, auf dem steht: Hier geht's nach Afrika!«, ruft Marie.

»Ein Sichtelement?«, fragt Evi und grinst. »Was ist denn das?«

»Na, ein Plakat eben …«, sagt Marie verlegen. Himmel, es ist ja fast schwieriger, Westdeutsch zu sprechen, als die Englisch-Vokabeln zu lernen und richtig auszusprechen! Zum Glück reden sie in der WG nicht auch noch Plattdeutsch, so wie einige Kinder in der Schule. Da versteht sie nun wirklich kein Wort. Auch wenn Papa mal gesagt hat, Platt klänge sehr ähnlich wie der Dialekt in Mecklenburg.

Evi lässt einen Legostein auf den Boden fallen. »Weißt du, was ich komisch finde?«, fragt Evi.

»Nein, was denn?« Marie kneift sich kurz ins Bein, vielleicht rast dann ihr Herz weniger.

»Du bist wirklich anders als sonst. Du spielst anders, du sprichst sogar anders. Irgendwie.«

Schlaues Kind, denkt Marie. Sie guckt Evi an und flüstert: »Soll ich dir mal verraten, warum das so ist? Willst du das wirklich wissen?«

Evi nickt und guckt Marie mit halb offenem Mund an.

»Es ist aber ein großes, riesengroßes Geheimnis. Riesengroß. Du musst schwören, dass du es für dich behältst.« Marie schaut Evi streng und ohne zu lächeln an.

Evi nickt wieder. Sie legt die Hand aufs Herz. Eigentlich eher mitten auf den Brustkorb, und sagt feierlich: »Ich schwöre!«

»Es gab einen Befehl von ganz oben. Man hat uns ausgetauscht, die Anne und mich«, behauptet Marie. »Ich bin in Wirklichkeit eine Außerirdische vom Planeten Doronnadonnados. Ich bin nur hier bei euch auf der Erde, um die Menschen besser zu verstehen. Anne guckt sich in der Zeit mal ein bisschen bei uns auf Doronnadonnados um. Bei uns gibt es sprechende Pflanzen oder singende Wolkenhunde. Aber diese Wesen brauchen alle ein ganz bestimmtes Licht aus dem All, die würden bei euch eingehen. Evi, du darfst mit niemandem über dieses Geheimnis sprechen, sonst holen die mich sofort zurück.«

Sehr nachdenklich blickt Evi daraufhin Marie an. Vielleicht überlegt sie, ob sie nicht genau das tun soll, in der Hoffnung, dann *ihre* Anne wieder zurückzubekommen.

Marie sieht Evis Blick und sagt schnell: »Anne kommt ja wieder, keine Sorge. Aber nur, wenn du nichts verrätst.« Evi legt wieder bereitwillig die Hand auf die Brust.

»Schwöre bei deinem Stoffesel Yvo«, sagt Marie. Der Stofftiername ist ihr eben zum Glück wieder eingefallen.

Und Evi schwört. Marie ist erleichtert. Sie findet es ulkig, dass Evi so argwöhnisch ist. Aber vielleicht auch wieder nicht. Vielleicht sind Kinder die Einzigen, die sich einfach *alles* vorstellen können. Ihr Vater oder ihre Mutter würden doch nie auf die Idee kommen, dass Anne nicht Anne ist und Marie nicht Marie. Nicht im Traum kämen sie auf die Wahrheit, genauso wenig wie die beiden anderen Erwachsenen aus der WG.

Obwohl ihnen schon kleine Veränderungen auffallen, aber die werden einfach hingenommen. Ihre Mutter hat zum Beispiel gesagt, Anne sei stiller als sonst. Und Toni meinte daraufhin, dass Anne sich ja auch erst mal wieder an die WG mit den Erwachsenen gewöhnen müsse. Sie würde das noch von sich selber kennen, dieses fremde Gefühl nach Klassenfahrten, wenn man plötzlich wieder ohne die gleichaltrigen Freundinnen zu Hause war.

Am Wochenende backen Andreas, Marie und Evi Pizza. Toni sitzt am Tisch und sortiert irgendwelche Unterlagen. Als der Teig fertig belegt im Ofen ist und einen köstlichen Duft verströmt, holt Andreas seine Kamera, um ein paar Aufnahmen von Evi und Anne zu machen.

»Ich finde, Anne sieht verändert aus«, hat Andreas plötzlich gesagt und Marie ist vor Schreck zusammengezuckt. Jetzt hat also doch ein Erwachsener etwas bemerkt.

Andreas lächelt. »Vielleicht liegt es auch an der neuen Frisur. Anne, deine Augen kommen jetzt ganz anders zur Geltung. Du wirkst auf mich, als wärst du in Ungarn gereift. Du hast echt einen anderen Blick bekommen. Ich als Fotograf sehe das natürlich sofort.«

Toni blickt hoch. »Andreas, jetzt lass mal gut sein, du machst Anne ja ganz verlegen.«

Andreas schlägt sich die Hand vor den Mund, absichtlich übertrieben, und entschuldigt sich, aber das meint er ernst. Das ist noch mal gut gegangen. Marie ist auch eine Stunde danach noch flatterig zumute.

Am ersten Schultag nach der Klassenfahrt sitzt Marie im Klassenzimmer und zittert innerlich. Wird das jetzt gut gehen? Wird niemand etwas bemerken? Sie ist so angespannt, dass sie um ein Haar nicht »Guten Morgen« zu Frau Claus, der Sachkundelehrerin, gesagt hätte, sondern »Immer bereit«.

Der Unterricht beginnt, Thema Insekten. Heute sprechen sie über Bienen. Frau Claus fragt nach dem Namen der männlichen Bienen, will wissen, welche »Stellung« diese im Bienenstock haben.

»Das haben wir noch vor der Klassenfahrt besprochen. Wer erinnert sich?«, fragt Frau Claus.

Marie meldet sich. Sie spricht schnell und zackig: »Drohnen heißen die männlichen Bienen. Die meiste Zeit im Jahr besteht aber das Bienenvolk nur aus Weibchen: Wir haben da die Bienenkönigin, sie kann als Einzige bis zu 2000 Eier täglich legen. Dann sind da noch die Arbeiterinnen, die Pollen und Nektar sammeln, die Larven aufziehen und den Bienenstock verteidigen. Im Frühsommer werden auch etwa hundert männliche

Drohnen aufgezogen. Wenn die Königin etwa sechs Tage alt ist, fliegt sie mehrmals zum Hochzeitsflug aus. Sie paart sich mit den Drohnen hoch in der Luft«, Marie beschreibt mit ihrer Hand einen Bogen. Sie bemerkt erst jetzt, dass Christian sie mit offenem Mund anstarrt, während Melli, Julia und Anja kichern. Dennoch fährt sie fort: »Der Drohn stirbt bei der Befruchtung. Im Sommer werden die restlichen Drohnen, die restlichen männlichen Bienen aus dem Bienenstock vertrieben, weil sie nicht mehr benötigt werden.« Sie setzt sich wieder hin, ist rot im Gesicht.

»Wunderbar, Anne«, sagt Frau Claus begeistert. Aber die anderen kichern immer noch.

»Biste jetzt unter die Streber gegangen?«, fragt Christian. »Wusste gar nicht, dass du so zackig sprechen kannst.«

Marie zuckt mit den Schultern. Wenn sie etwas weiß, will sie das auch sagen. Anscheinend hat Anne das anders gemacht.

Im Laufe des Tages bekommt sie mit, dass hier alles viel lässiger abläuft. Man spricht insgesamt auch langsamer als sie. Bei Frau Claus oder Frau Brandt darf lange überlegt und diskutiert werden. Frau Claus liebt es, wenn man etwas weiß, so wie Marie vorhin über Bienen. Aber dann darf man es endlos ausschmücken. So wie Christian, der über seinen Opa, der Imker ist, erzählt hat. Eine seltsame Sache ist das, findet Marie. Papa hätte hier oft die Gelegenheit, zu sagen, man solle mal auf den Punkt kommen.

Herr Kleinmann hat sich nicht aufgeregt, als sich die Hälfte der Klasse auf den Tisch gefläzt hat. Bei Frau Brandt kann man sogar während der Stunde essen oder trinken. Man muss sich bei ihr auch nicht melden. Sie freut sich aber immer, wenn man es tut. Marie staunt. Wirklich seltsam ist das hier.

Und dann noch diese Sache mit der Gruppenarbeit. Das mag wiederum Frau Claus besonders gerne. Da werden die Stühle zu einem Kreis zusammengeschoben. Die Tische stehen hier sowieso nicht reihenweise hintereinander aufgereiht. Jeweils zwei sind mit der Längsseite aneinandergeschoben, ein dritter Tisch ist quasi im rechten Winkel dazu gestellt. Marie hat zuerst gar nicht gewusst, wo sie sich nun hinsetzen darf. Dann hat sie erst mitbekommen, dass das die Schüler selber entscheiden. Auch dass sich das immer wieder ändert, findet sie verwirrend.

Viele Lehrer lieben wohl Gruppenarbeit. Frau Claus oder Frau Brandt diskutieren auf jeden Fall gerne Fragen in Gruppen. Die Antworten werden gemeinsam aufgeschrieben und gelöst. Daran muss Marie sich noch gewöhnen.

Vorhin haben sie auch über die DDR gesprochen. Die Kinder haben von ihrer Begegnung mit den Ostlern am Balaton erzählt. Da hat Marie lieber gar nichts sagen wollen, auch aus Angst, sich zu verraten.

Marie ist es einfach nicht gewohnt, sich permanent mit anderen zu besprechen, ehe sie sich meldet. Es ist auch selten so still im Klassenzimmer, wie Marie es kennt. Ein Gemurmel, wie im Theater kurz vor einer Aufführung, untermalt hier fast alle Unterrichtsstunden. Auch daran gewöhnt Marie sich nur langsam.

Im Sport geht es in Annes Hamburger Schule nicht nur um Leistung. Herr Kleinmann legt Wert darauf, dass bei Mannschaftsspielen auch die Schwächeren nicht immer als Letzte gewählt werden.

Es ist schwierig für Marie, sich diese neuen Regeln zu merken, unter anderem auch, weil ständig neue dazuzukommen scheinen.

Am wenigsten mag sie die Theater-AG, die ein Kunstlehrer aus ihrer Schule leitet. Ein Herr Laube. Der Laube ist zwar in Ordnung, aber das Schauspielern ist eine Qual für Marie, noch schlimmer allerdings ist das freie Improvisieren.

Sie werden ein Stück aufführen, das der Laube selber geschrieben hat. Wenn Marie den Text richtig verstanden hat, dann geht es darin um einen Jungen, der unbedingt und gegen den Willen seiner Eltern tanzen möchte. Wenn Marie etwas hasst, dann ist es genau das: alleine vor anderen zu tanzen. Leider will der Lehrer den Jungen aber von einem Mädchen spielen lassen. Und leider ist seine Wahl dabei auf Marie gefallen. »Das ist eine Rolle, die dir einfach auf den Leib geschrieben ist«, hat er verkündet. Logisch, dass er dabei an Anne gedacht hat. Marie hat vor Schreck entsetzt »Nein!« gerufen.

Der Lehrer hat das aber wohl als einen freudigen Ausdruck gedeutet, wohlwollend den Kopf geschüttelt und gesagt: »Ja, ja, ich weiß, wie sehr du dich freust. Du wirst es sicher gut machen.«

Und Julia hat sie ganz seltsam von der Seite angesehen. Oje, hoffentlich hat sie nichts bemerkt!

Wie soll sie aus dieser Nummer bloß heil wieder herauskommen? Sie kann so etwas nicht! Da kommt sie gar nicht nach dem Vater. Dieses Talent muss er ausnahmslos Anne vererbt haben.

Nach der Lesung des Stücks haben sie Improvisieren geübt. Sie sollten ein Tier darstellen, das sich im Gebirge verirrt hat.

Die anderen sind sofort auf allen vieren durch den Raum ge-krabbelt und haben geschnauft und gebellt, obwohl die Darstel-lung ja eigentlich lautlos sein soll. Marie hat behauptet, ihr wäre schlecht. Eigentlich war das nicht einmal gelogen.

Ihr muss schnell etwas einfallen, damit sie nicht mehr in die-se Theater-AG gehen muss. Irgendeine Ausrede muss her, sonst merkt Julia bestimmt bald, dass sie es nicht mit Anne zu tun hat.

Tage vergehen ... Marie fühlt sich gleichzeitig wohl und den-noch fremd in der WG, in Hamburg. Obwohl es wunderschön für sie ist, bei der Mutter zu sein. Jetzt, wo sie hier ist, merkt sie erst, wie sehr ihr die Mutter gefehlt hat. Aber richtig glücklich ist sie nicht. Denn jetzt fehlt ja auch wieder *etwas* ... Vorher ist es ihr besser gegangen, als sie noch gar nicht gewusst hat, dass es die andere Familienhälfte überhaupt gibt.

Mehrmals am Tag denkt sie an den Vater – und auch an Anne. Sie vermisst beide unendlich.

Außerhalb der verabredeten Zeit versucht sie, Anne anzuru-fen. Die Gelegenheit ist günstig. Die Mutter und Andreas sind nicht zu Hause. Toni und Evi baden gerade.

Marie hält den Hörer in der Hand, wählt und wartet auf die-ses Tuten. Sie wartet bestimmt eine Minute lang, aber es kommt einfach keine Verbindung zustande. Es rauscht und knackt bloß wie verrückt, als wäre die Leitung direkt mit einem Ozean ver-bunden, aber nicht mit dem Telefon in Berlin am Kollwitzplatz.

Für einen Moment sieht Marie ihr Wohnzimmer zu Hause vor sich. Das niedrige Bücherregal, auf dem das Telefon meistens steht. Sie sieht den Vater, wie er mit einem Buch in den Händen auf dem bequemen Ledersessel vor dem Ofen sitzt, und Anne, die auf dem geerbten Teppich liegt und ebenfalls liest. All das sieht Marie so deutlich vor sich wie eine Fotografie, so als wäre es greifbar nah und nicht mehr als hundert Kilometer entfernt, in einer anderen Welt.

Ach, wenn sie doch alles zusammen haben könnte! Eine Familie mit ihrem Vater, ihrer Mutter und Anne – in einer Stadt. Das wünscht sie sich so sehr, dass sie es kaum auszusprechen wagt. Auch aus Angst, dass es dann, sobald sie es Anne sagt, auf keinen Fall in Erfüllung gehen wird.

KAPITEL 13

In dem man mit der anderen Marie, eigentlich Anne, hinter die Berliner Kulissen blickt.

Anne weiß gar nicht genau, an wie vielen Türen sie heute geklingelt oder geklopft haben. Es waren einfach zu viele. Aber sie wollte nicht aufgeben, genauso unermüdlich sein wie die anderen Pioniere.

Leonie, Ralfi und sie sind gleich nach dem Mittagessen losgezogen. Sie durften dafür ihr Leichtathletik-Training ausfallen lassen.

Sie haben rings um den Kollwitzplatz und die Husemannstraße Altpapier, Altmetall und Leergut gesammelt. Sie haben auch einen riesigen Haufen zusammenbekommen und in so einer Art Leiterwagen, den sie abwechselnd hinter sich hergezogen haben, in die Schule gebracht. Jetzt lagert das ganze Zeug erst mal in einem Raum hinter der Aula.

Anne ist fix und fertig. Als sie heute draußen unterwegs waren, ist ihr noch etwas aufgefallen, das sie am Anfang, vielleicht vor lauter Wiedersehensfreude, nicht bemerkt hat.

Diese Autos, die die meisten Leute hier fahren, die Trabanten, Trabis oder Zweitakter, wie Ralfi sie nennt, stinken fürchterlich. Na ja, das Benzin an Hamburger Tankstellen riecht ja auch nicht gerade wie Parfum, aber es ist nicht ganz so ... Anne findet für diesen Trabi-Treibstoffgeruch hier kein passendes Wort. Die

Minol-Tankstelle in der Nähe wirbt auf jeden Fall für ihr Benzin mit dem Satz *Stets dienstbereit zu Ihrem Wohl ist immer der Minol-Pirol.*

Jetzt liegt Anne auf Maries Bett und ist zu schlapp, um sich ihre Schuhe auszuziehen. Die Beine tun ihr weh vom Treppensteigen. Ihr Kopf ist leer von immer denselben Sätzen, mit denen sie um Altmetall, Papier und anderen Kram gebeten haben. Es war lustig, mit Leonie und Ralfi zusammen sammeln zu gehen.

»Aber diese ganzen Stufen, Tausende von Stufen, wenn nicht mehr«, murmelt Anne. »Treppauf und wieder treppab.« Das ist anstrengender als ein Tausendmeterlauf. Sie gähnt, schlüpft aus ihren Schuhen, schafft es dann aber nicht mehr, sich weiter aus-

zuziehen. Das erste Mal in ihrem Leben schläft sie schon am frühen Abend komplett angezogen ein.

Anne träumt von fünf Meter hohen Türen, an die sie mit einer Schaufel klopft und um leere Flaschen bittet. Die Türen öffnen sich nicht. Sie läuft immer weiter, bis sie endlich eine angelehnte Tür entdeckt und eintritt. Plötzlich steht sie wieder in der Hamburger Wohnung, aber man erkennt sie nicht.

»Du bist doch nicht Anne«, sagt ihre Mutter und zeigt auf Marie. »Das ist die echte Anne.«

Auch die anderen, Andreas, Toni und die kleine Evi, sagen, sie sei nicht die richtige Anne. Sie müsse wieder gehen. Und sie solle nicht so berlinern, man könne sie ja gar nicht richtig verstehen. Aber der Dialekt sei der Beweis, dass sie die Falsche sei.

»Geh!«, sagt Evi und zeigt zur Tür.

Anne fährt hoch. Für einen Moment weiß sie gar nicht, wo sie ist. Schemenhaft erkennt sie die Umrisse des Fensters, durch das fahles Licht hereinfällt. Aus dem Wohnzimmer hört sie Stimmen. Also hat der Vater Besuch. Sie nimmt den Teddy in den Arm und schläft wieder ein. Es ist mitten in der Nacht.

Am nächsten Morgen erinnert sie sich an den unangenehmen Traum. Jetzt bei Tag kann sie darüber lächeln.

Dann fällt ihr ein, dass heute Sonntag ist und sie den Vater im Theater besuchen kann. Vielleicht darf sie sogar bei einer Probe zuschauen.

»Wie heißt noch mal das Stück, Olli?«

Der Teddy weiß es leider auch nicht. Sowieso muss sie jetzt erst mal richtig wach werden. Und vor allen Dingen ihre Klamotten ausziehen. Sie schaut auf die Uhr, oje, schon kurz nach zehn. Sie steht auf, geht durch den Flur.

Da hört sie es auf einmal leise aus dem Bad plätschern. Komisch, der Vater müsste doch schon längst weg sein. Ob er vergessen hat, den Wasserhahn auszustellen?

Sie öffnet vorsichtig die Badezimmertür und erschrickt. In der Wanne liegt, unter einer großen Seifenschaumwolke, eine fremde, rothaarige Frau. Diese Frau weint und schluchzt, dass der gesamte Schaumberg wackelt.

Als die Frau plötzlich Anne, die sie ja für Marie hält, an der Tür bemerkt, ruft sie erschrocken: »Marie! Du liebe Güte! Ich dachte, du wärst in der Schule!«

»Aber heute ist doch Sonntag«, stottert Anne verwirrt. Wer ist

bloß diese weinende Frau? Was hat sie für ulkige spinnenbeinartige Wimpern? Ob die echt sind? Aber echte Wimpern reichen wohl kaum bis an die Augenbrauen, denkt Anne.

Die Frau hat mittlerweile aufgehört zu weinen. Sie sieht blass aus. Ihre roten Haare leuchten im Kontrast zu ihrer hellen Haut.

»Du liebe Güte«, sagt die Rothaarige noch einmal. »Sonntag, natürlich. Das ist mir aber peinlich. Ich bin heute nicht ganz bei mir. Entschuldige ...« Und nun beginnt sie wieder zu schluchzen und zu weinen.

Anne weiß gar nicht, was sie jetzt tun soll. Schließlich setzt sie sich auf den Badewannenrand und streichelt zaghaft die nasse Schulter der Rothaarigen. So sitzen sie da zusammen für eine ganze Weile.

Unvermittelt stoppt das Schluchzen. »Entschuldigung, du musst ja denken, Katinka ist verrückt ...«

Anne sagt nichts dazu. Sie denkt eigentlich auch nicht, dass diese Katinka verrückt ist. Sie findet sie eher seltsam und traurig.

Katinka zieht die Nase hoch und seufzt: »Ich nehme hier praktisch ein Abschiedsbad. Das sind meine letzten Hannes-Roemer-Tränen, das habe ich mir geschworen! Kein Kerl ist es wert, dass man so traurig ist. Andere Mütter haben auch noch tolle Söhne! Wenn auch keiner von denen Hannes Roemer ist. Aber dein Vater und ich – nee, das passt einfach nicht zusammen. Ich gebe es jetzt auf.«

Unter dem Schaum taucht eine Hand mit rosa lackierten Fingernägeln auf, hält sich am Badewannenrand fest. Dann folgt der restliche Arm. Schließlich klettert Katinka aus der Wanne und hüllt sich rasch in ein großes Badetuch ein.

Pfui Teufel, ohne sich abzuduschen, denkt Anne. Die ganze Seife klebt noch an der Haut, das muss doch jucken.

»Der Hannes, der kommt da sowieso nie drüber weg. Ich kann ihm dabei auf jeden Fall nicht helfen. Der will sich auch gar nicht wirklich helfen lassen. Ich glaube, der ist gerne der große Leidende. Der Unerreichbare.« Katinka rubbelt sich nun energisch und gründlich von den Zehen bis zum Hals ab. Und wiederholt: »Ich glaube auch, dass er eigentlich gar nicht drüber wegkommen möchte.«

»Worüber denn überhaupt?«, fragt Anne verwirrt.

»Über seine Exfrau. Seit Jahren hat er doch keine Frau wirklich an sich rangelassen.« Katinka sieht Anne an und schlägt sich an die Stirn. »Ich bin wirklich ein Elefant im Porzellanladen!«, ruft sie. »Ich rede ja hier auch über deine Mutter. Aber was soll's, es stimmt. Ich glaube, dass er nie wieder jemand so geliebt hat wie deine Mutter. Klar, keine war wie sie. Keine war ihm gut genug. Und nun werde ich mich anziehen und dann aus der Wohnung und aus seinem Leben verschwinden. Für immer! Ich hoffe, du trägst mir nichts nach. Ich habe eigentlich sonst nicht so nah am Wasser gebaut!«

Und eine halbe Stunde später ist Katinka fort. Nur der restliche, glitzernde Schaum in der Badewanne, der nicht gleich abgeflossen ist, erinnert noch an sie.

Anne muss jetzt erst mal in Ruhe nachdenken. Kann es wirklich sein, dass der Vater nach all den Jahren wirklich noch so an der Mutter hängt? Vielleicht geht es der Mutter ja ähnlich? Das wäre schön. Sehr schön. Dann könnten sie ja alle zusammen … Das wäre ja die Lösung!

Aber was für einen Quatsch denkt sie da! Die Mutter kann nicht zum Vater und der Vater nicht zur Mutter. Schließlich gibt es die Mauer. Es sei denn, er ginge auch in die Prager Botschaft, so wie all die Menschen gestern abend im Fernsehen. Aber Marie hat ihr ja erzählt, dass der Vater die DDR gar nicht verlassen will. Und die Mutter will – oder darf – hundertprozentig nicht zurück.

Und dann fällt Anne auch noch Victor ein. Mamas Freund aus Sylt. Den hat sie völlig vergessen! Sie ist ganz durcheinander. Aber man findet ja auch nicht jeden Tag fremde Frauen in der Badewanne.

Sie wird jetzt einfach in Hamburg anrufen, und wenn Marie nicht am Telefon ist, kann sie ja auflegen. Schnell wählt sie die Nummer – und hat Glück, sie kommt sofort durch. Es tutet und tutet. Fühlt denn Marie nicht, wer da anruft? Wieso stürzt sie jetzt nicht zum Telefon? Endlich hebt jemand ab.

»Bergmann. Hallo?«, sagt die Stimme am anderen Ende. Es ist Annes Mutter.

Anne kann gar nichts sagen, in ihrem Hals ist alles wie zugeschnürt.

»Hallo? Hallo?« ruft die Mutter in den Hörer. Dann legt sie wieder auf.

Anne guckt den Hörer sehnsüchtig an, als säße Mama höchstpersönlich darin. Und dann weint sie, genau wie Katinka vorhin. Mama fehlt ihr. Sie hat, bis sie eben ihre Stimme gehört hat, gar nicht gewusst, wie sehr! Und auf einmal wird ihr das erste Mal bewusst, was Marie und sie getan haben. Sie haben tatsächlich ihr Leben getauscht, und niemand hat eine Ahnung davon.

Wer weiß, wann sie ihre Mutter wiedersehen wird. Für einen Moment wird Anne übel, aber dann denkt sie, nur die Ruhe bewahren. Sagt Toni auch immer, wenn sie sich eigentlich über etwas aufregt. »Nur die Ruhe bewahren.«

Sie setzt sich in Maries Zimmer, nimmt diesen Doppelgänger-Olli-Teddy auf ihren Schoß und streichelt ihn so lange, bis sie sich wieder beruhigt hat.

Etwas später geht Anne ins Theater. Sie fährt ein Stück mit der Straßenbahn. Unter den Linden steigt sie aus und spaziert Richtung Theater. Wie breit diese Straße ist, aber gleichzeitig leer, obwohl schon einige Autos hier langfahren. Und da ist natürlich auch wieder dieser bestimmte Trabi-Geruch. Kaum Läden oder Cafés. Keine Straßenverkäufer. Komisch.

Sie schaut in ihre Kladde. Dort hat sie eine Wegskizze von Marie. Ah ja, hier muss sie nach rechts. Jetzt kann sie das Theater schon erkennen.

Dann steht sie endlich vor der großen Eingangstür. Aber die ist so schwer, dass sie sie kaum aufstemmen kann. Da kommt ihr auf einmal eine Frau zu Hilfe und öffnet die Tür.

Etwas verloren guckt Anne sich im leeren Vorraum um. Wo muss sie jetzt bloß hin? Darf sie in den Zuschauerraum – oder hinter die Kulissen? Und wenn ja, wo ist der Bühneneingang? Oder soll sie besser in der Kantine auf den Vater warten? Wo ist eigentlich die Kantine?

Zum Glück taucht da, wie aus dem Nichts, eine ältere Frau auf. Sie trägt einen hellblauen Kittel, ihre Brille hat sie ins Haar geschoben und einen Bleistift hinter das rechte Ohr geklemmt. Das könnte Olga sein. Die Frau bleibt vor ihr stehen und mustert sie.

»Kennst du mich nicht mehr, Marie?«

»Aber natürlich«, beeilt sich Anne zu sagen. Ja, das muss Olga sein!

Olga guckt Anne noch einmal prüfend an, dann drückt sie sie kurz an sich. Sie riecht nach Hustenbonbons. »War deine Reise schön?«

Anne nickt. Olga kommt ihr gar nicht so verwirrt vor, wie Marie gesagt hat. »Sehr schön«, sagt sie leise.

»Marie, du musst lauter sprechen, du weißt doch, dass ich nicht mehr so gut höre. Kinder, Kinder, hier ist heute was los. Die Herrschaften Schauspieler sind knatschig. Die quasseln sich die Köppe heiß. Als wollten se das Stück neu erfinden«, Olga schüttelt den Kopf. »Nee, nicht mit mir.«

»Und was soll ich jetzt machen?«

»Kannst ja gucken gehen, vielleicht sind se jetzt ja weiter im Text.«

Olga geht zum Glück vor und führt Anne durch den Eingang für Schauspieler und Bühnenarbeiter hinter die Kulissen.

Entgegen Olgas Ansage ist die Probe wieder in vollem Gang.

Das Stück heißt so ähnlich wie *Goldregen*. Es erinnert Anne an das alte Märchen *Sterntaler*. Aber hier geht es nicht nur um ein Mädchen, das mit Gold oder Geld überschüttet wird, sondern um eine Familie. Aber sie scheinen dennoch unglücklich zu sein. Eigentlich kommen ihr alle Personen in dem Stück ziemlich unglücklich vor. Da Anne aber mitten in der Probe dazugekommen ist, versteht sie die Zusammenhänge nicht ganz. Da ist wohl eine Familie, die sich vom Gold verführen lässt und in ein anderes Land geht, ohne dass sie dort ihr Glück findet.

Anne beobachtet den Vater. Es macht ihr Spaß, ihm zuzusehen. Er kann mit seiner Stimme tolle Sachen machen. Die Worte scheinen weich zu werden, können aber auch hart und streng in den Raum tönen. Das möchte sie auch gern können.

Später essen der Vater und sie zusammen mit Olga und ein paar Schauspielern in der Kantine. Zum Glück bekommt niemand mit, dass Anne »einmal Donauwelle« bestellt. Der Kuchen, auf den sie zeigt, heißt hier *Schneewittchenkuchen*. Außen dunkle Schokolade, innen heller Teig mit Kirschen …

Es ist dann sehr lustig, weil alle ihre schlimmsten Pech-Geschichten erzählen, die ihnen einmal auf der Bühne zugestoßen sind. Da ist die Rede von verloren gegangenen Bärten, von Perücken, die plötzlich vom Kopf fielen, Kleidern, die rutschten, und von vergessenen Textstellen.

»Manchmal«, sagt der Vater, »haben wir den anderen auch Streiche gespielt. Erinnert ihr euch noch an die Essig-Geschichte?«

Allgemeines Gelächter. Ein kleiner, rundlicher Mann dreht sich zu ihr. »Marie, das ist eine böse Sache«, kichert er. »Das haben wir damals gemacht, weil wir …«

»Weil wir jung waren«, unterbricht ihn eine Dunkelhaarige. Rita heißt sie.

»Was habt ihr denn nun eigentlich gemacht?«, will Marie wissen.

Der Vater erklärt es ihr: »Wir haben ja auf der Bühne manchmal Getränke. Wenn im Stück steht, dass wir Wein trinken, dann trinken wir zwar etwas, aber das ist meistens Wasser. Und wenn es rot aussieht, ist es gefärbt.« Der Vater lacht. »Na ja, und wir hatten noch ein Hühnchen mit einem gewissen Reinhold zu rupfen. Reinhold musste in einer Szene auch so gefärbtes Wasser trinken. Aber es war kein Wasser ... Wir haben die Flaschen vertauscht. Er hat Essig getrunken! Pur trinken müssen.«

Alle lachen, auch Anne.

»Wir hatten an diesem Abend Premiere. Das Publikum hatte ihn genau im Blick, er konnte das Zeug nicht einfach unauffällig ausspucken. Es muss ziemlich ekelhaft sauer gewesen sein ...«

Anne kichert. Dann fällt ihr auch eine Geschichte ein. »In Hamburg ist mal einem Jungen etwas Komisches passiert. Er sollte sagen: ›Mein Bauer, die Schweine sind im Stall‹, aber er hat gesagt: ›Mein Stall, die Bauern sind geschweint.‹«

Alle lachen. Nur Olga betrachtet Anne stirnrunzelnd. »Wieso ist das in Hamburg passiert?«

Oje, hat sie tatsächlich Hamburg gesagt? »Ach, das hat uns jemand am Balaton erzählt«, antwortet Anne rasch. »Da war so 'ne Gruppe aus dem Westen, mit denen haben wir manchmal abends am See gesessen und geredet.«

Alle stehen auf. Es soll gleich weitergeprobt werden. Olga tritt zu Anne. »Weißt du eigentlich, dass du deinem Vater sehr gefehlt hast?«

»Nein«, sagt Anne verlegen.

»Er hat ja nur noch dich«, murmelt Olga. »Der arme Mann ...«

Was meint sie denn jetzt damit?

Der Vater steht weiter hinten mit dieser dunkelhaarigen Rita. Er hat den Arm um sie gelegt, beide lachen. Anne muss an Katinka in der Badewanne denken. An ihre Traurigkeit. In dem Moment kommt ihr der Vater eigentlich gar nicht »arm« vor.

Auch Olga betrachtet Hannes Roemer. »Der Schein trügt«, sagt sie. »Ich glaube, er liebt immer noch seine Annemarie, und damit das niemand merkt, flattert er von einer zu anderen!« Olga streicht Anne über die Wange und verschwindet hinter einer der Türen auf der Bühne.

Der Vater ist nun alleine, zwei Meter von Marie entfernt, und betrachtet verwundert einen Brief, der gerade für ihn abgegeben worden ist.

Anne beobachtet, wie er den Umschlag mustert und zögert. Ob der Brief von Katinka ist?

Anne geht zu ihm hin. Mittlerweile hat der Vater den Brief gelesen und steht einfach da, mit blicklosen Augen.

»Was ist?«, traut sich Anne endlich zu fragen. »Schlechte Nachrichten?«

Da bemerkt der Vater Anne. Und er zieht sie mit einer Armbewegung an sich. Jetzt merkt sie erst, dass er weint. Kurz. Dann hat er sich wieder gefasst. Er lässt sie los, wischt sich mit der Hand rasch unter den Augen entlang. »Der Brief ist von Achim«, sagt er.

Achim, das ist sein bester Freund, erinnert sich Anne. Der Bühnenbildner.

»Er ist abgehauen … Er will es auch über Prag versuchen, obwohl er doch seit Monaten an diesem Bühnenbild für *Die Schneekönigin* gearbeitet hat. An diesem fantastischen, wunderbaren Bühnenbild für die Oper. Wer soll denn das jetzt weitermachen?«

Anne umarmt den Vater, fühlt sich hilflos.

»Wenn alle abhauen und in den Westen gehen, dann kann

das ja hier nicht funktionieren«, flüstert der Vater und seufzt. »Aber vielleicht gehen auch alle, weil es hier sowieso nicht mehr funktioniert.«

KAPITEL 14

In dem Marie und Anne in Bedrängnis geraten ...

Der Mädchentausch ist für Marie und Anne immer noch so spannend, als wären sie auf einer abenteuerlichen Reise. Am Tag sind sie fast zu abgelenkt, um ihr altes Leben zu vermissen. Aber am Abend ist die Sehnsucht nach der Mutter, dem Vater und der Schwester da. Und die Frage, wie es weitergehen soll.

Jeden Freitag fiebern Anne und Marie ihren Telefongesprächen entgegen. Anne hat von der weinenden Katinka in der Badewanne erzählt und dass Papas bester Freund Achim die DDR verlassen hat. Sie haben dann hin und her überlegt, ob es nicht doch irgendeine Möglichkeit gibt, die Eltern zusammenzubringen. Vielleicht bei ihrem Rücktausch ... Hoffentlich wieder in Ungarn. Dort können sie sich trotz der Mauer treffen.

»Ich glaube nämlich, wenn sie sich erst einmal sehen«, sagt Marie, »dann merken sie schon, dass da noch etwas zwischen ihnen ist.«

»Ja, und ich weiß auch, was«, sagt Anne und kichert. »Wir!«

»Quatschkopf!«, ruft Marie. »Ich rede hier von Liebe!«

Marie hat sich in Hamburg gut eingelebt. Manchmal trifft sie Julia oder Melli. Sie gehen schwimmen, erledigen gemeinsam Hausaufgaben oder besuchen sich gegenseitig.

Die Klavierstunden bei Heiner Heinrich unterscheiden sich nicht groß von den Klavierstunden in Ostberlin bei dem Rheinhard. Üben muss man wohl immer, wenn man Klavier spielen möchte. Das ist ihr allemal lieber als die Theater-AG. Vor einer weiteren Probe hat sie sich einmal drücken können, weil sie angeblich Bauchschmerzen bekommen hat. Und dann ist der Laube auf Klassenfahrt gefahren. Sie merkt jeden Tag mehr, dass sie lieber zuhört und zusieht, wie andere Theater spielen, als selber auf der Bühne zu stehen. Sie ist da eben nicht wie ihr Vater. Außerdem reicht ihr das Schauspielern als Anne Bergmann in der WG voll und ganz.

Maries Mutter hat zurzeit besonders viel zu tun und kommt immer erst spät aus der Redaktion nach Hause. Oft sitzt sie noch an ihrem Computer und arbeitet, wenn Marie schon schläft. Dennoch steht sie morgens mit Marie auf und frühstückt mit ihr.

Marie kommt in der Schule gut mit. Vielleicht ist sie sogar fast zu gut. Nicht, dass alle anderen schlechtere Noten haben. Es liegt eher daran, dass sie im Osten einfach schon weiter im Stoff sind. Selbst in Englisch, wo die anderen ja einen Vorsprung haben, hat Marie schnell aufgeholt. Sie glaubt nicht, dass man noch einen Unterschied zu den anderen merkt. In den ersten Tagen ist sie vielleicht etwas übereifrig gewesen. Da passt sie jetzt besser auf.

Schriftliches Teilen durch zweistellige Zahlen ist ebenfalls kein Problem, aber hier gibt es auch keine Schmöckwitz, die miese Stimmung verbreitet, wenn man etwas nicht sofort versteht. Marie hat Glück mit ihren Lehrern. Abgesehen vom Sportlehrer für die Mädchen, Herrn Kittel. Der Kleinmann hat ihn am Anfang leider nur vertreten.

Herrn Kittels größter Spaß scheint seine Trillerpfeife zu sein. Der zweitgrößte Spaß, herumzuschreien. Angeblich will er die »Lahmen« dadurch antreiben.

»Irgendwann ruiniert der sich die Stimmbänder, dann haben wir endlich Ruhe«, sagt Julia.

Aber Musik bei dem Kleinmann macht Spaß, genau wie Kunst bei Frau Rosebund. Und Julia ist nett, Melli auch. Insgesamt fühlt Marie sich wohl, abgesehen eben von der Theater-AG. Es sind nun ein paar Wochen seit der Klassenfahrt vergangen, als Marie in der letzten Stunde Unterricht bei Frau Brandt hat.

Sie findet Frau Brandt wirklich nett als Lehrerin und bekommt bei ihr gute Noten. Deshalb denkt sie sich zunächst nichts dabei, als Frau Brandt sie bittet, nach dem Unterricht noch kurz dazubleiben. Die anderen verschwinden bereits lärmend nach draußen.

Frau Brandt ist nervös. Sie setzt sich auf das Lehrerpult und spielt mit der silbernen Schnalle ihrer Lederaktentasche. »Klack, klick, klack«, macht das. Plötzlich spürt Marie ihre Sicherheit schwinden. Hat sie doch etwas falsch gemacht?

»Anne, ich weiß gar nicht, wie ich es sagen soll. Ich wollte schon die ganze Zeit mit dir sprechen. Seit Wochen schiebe ich es jeden Tag immer wieder auf. Schon in Tihany, als wir Marie aus Berlin getroffen haben, wollte ich eigentlich mit dir reden. Aber dann dachte ich, ich kann mich nicht in eure Familienangelegenheiten einmischen. Auch die anderen Lehrer waren strikt dagegen. Aber mein Gewissen lässt mir einfach keine Ruhe.

Kurz gesagt, ich habe gestern einen Brief an deine Mutter geschrieben.«

Oje! Marie ist für einen Moment so erschrocken, dass sie gar nicht versteht, was Frau Brandt sagt. Sie hat einen Brief geschrieben! Jetzt wird alles auffliegen! Vor Schreck wird Marie ganz heiß.

»Vielleicht hast du ihr inzwischen sowieso von Marie erzählt. Dann kann sie sich ja alles denken …«

Frau Brandt stockt. Sie bemerkt Maries erschrockenen Blick.

»Es tut mir leid, ich hätte wahrscheinlich erst mit dir darüber sprechen sollen. Aber ich wollte einfach, dass sie weiß, dass es jemanden gibt, der dir so … so ähnlich sieht. Ich dachte, es könnte ja sein, dass sie überhaupt keine Ahnung hat …« Frau Brandt holt Luft. »Dass sie sich Sorgen macht … Also das Ganze ist mir ziemlich unangenehm.« Frau Brandt kratzt sich am Hals und weicht Maries Blick aus.

Marie ist überrumpelt, was soll sie jetzt bloß dazu sagen? Sie stottert: »Ich glaube, diese Ähnlichkeit, die könnte durchaus an … an der Großtante … liegen …«

»Ich wollte dir einfach sagen, dass ich den Brief heute Morgen eingesteckt habe. Überlassen wir es deiner Mutter, wie es weitergeht.«

»Ist schon in Ordnung«, bringt Marie heraus. Dabei ist gar nichts in Ordnung. Sie muss natürlich versuchen, den Brief abzu-

fangen. Wenn Frau Brandt ihn heute in den Briefkasten gesteckt hat, dann wird er wohl auch erst morgen in der WG ankommen. Sie muss ihn unbedingt abfangen, dann wird man weitersehen. Aufgeregt überlegt sie, wann ihre Mutter morgen nach Hause kommt. Bestimmt erst am Nachmittag.

Sie will auf keinen Fall, dass ihre Mutter von Frau Brandt die Wahrheit erfährt. Der Mädchentausch ist außerdem noch nicht zu Ende. Sie will ihrer Mutter jetzt noch nichts darüber sagen. Noch nicht.

Frau Brandt lächelt nervös. »Also, das hier fällt mir wirklich nicht leicht. Aber ich finde, ihr Mädchen könnt nichts … für das Ganze. Und irgendwie dachte ich, kann man auch nicht immer wegsehen. So, und nun geh schnell nach Hause, Anne!«

Marie hat ein schlechtes Gewissen, weil die Brandt es nicht verdient, belogen zu werden, aber sie denkt, sie hat ihr ja nichts versprochen. Und wenn es ihr gelingt, morgen den Brief rechtzeitig abzufangen, ehe die Mutter ihn lesen kann, dann wird es ja später noch eine Gelegenheit geben, ihn der Mutter zu geben. Es ist ja auch nicht so, dass Anne und sie ihre Mutter oder ihren Vater belügen möchten. Aber haben sie denn eine andere Wahl?

Als Marie vor die Tür tritt, ist der Schulhof leer. Julia, Melli und die anderen sind schon nach Hause gegangen.

Und dann fällt ihr ein, dass sie für Andreas etwas besorgen soll. Pesto. Sie weiß gar nicht so genau, was das ist. Und Penne. Penne? Sie hat es sich irgendwo aufgeschrieben. Ein Spaziergang ist jetzt vielleicht gar nicht schlecht, so aufgewühlt, wie sie sich fühlt.

Eigentlich ist es das erste Mal, dass sie ganz alleine durch Hamburg geht. Wenn nicht die Mutter dabei ist, dann begleiten sie Julia oder Melli.

Aber Marie findet es nicht schwer, sich hier zurechtzufinden. Immer wieder bleibt sie stehen, weil es etwas zu bestaunen gibt, was sie noch nie gesehen hat. Diese Hülle und Fülle, so hätte Olga es an ihrer Stelle bestimmt genannt.

Da fällt ihr der Brief wieder ein. Wer hätte schon gedacht, dass die Brandt Wochen nach der Reise an die Mutter schreibt! Marie holt tief Luft und schaut die Boote auf der Binnenalster an.

Langsam geht sie weiter bis zum Bahnhof. Sie weiß, dass sie über den Steintordamm schnell zur Mönckebergstraße kommt. Dort gibt es einen Haufen Geschäfte und Kaufhäuser.

Leuchtreklame, bunte Plakate, glitzernder Schmuck in den Auslagen, Zeitungen und Zeitschriften in allen Sprachen verzieren die Seitenwände der Kioske. Italienische Schuhe, Turnschuhe, Kleider und Anzüge. Marie geht von einem Schaufenster zum anderen. Ihr schwirrt der Kopf. Wer soll das bloß alles kaufen? Schade, dass sie nichts davon für Leonie besorgen kann. Diese fein gepunkteten Halstücher würden ihr bestimmt gefallen. Oder die Gürtel mit den Strasssteinchen.

Da vorne entdeckt sie ein großes Kaufhaus. Drinnen weht ihr warme Luft entgegen. Es riecht nach Parfum. Ulkig, diese Verkäuferinnen hinter den Tischen sehen alle so puppenhaft perfekt aus.

Wo ist jetzt bloß die Lebensmittelabteilung? Ah, im Tiefgeschoss. Langsam gleitet Marie auf der Rolltreppe nach unten, nimmt sich einen Korb. Hier ist es deutlich kühler als oben.

Jetzt muss sie nur irgendwo dieses Pesto finden, das Andreas so dringend braucht. Wo ist denn bloß der Zettel? Sie bleibt stehen und wühlt in ihrem Schulranzen. Kein Zettel. Sie versucht sich zu erinnern, muss aber immer wieder an Frau Brandt denken.

Und siedend heiß fällt ihr plötzlich etwas auf. Die Lehrerin hat mit keinem Wort von einem Briefkasten gesprochen, sie hat gesagt, dass sie den Brief eingesteckt hat. Das kann genauso gut heißen, dass sie ihn direkt bei Marie im Haus eingeworfen hat! Sie muss jetzt so schnell wie möglich die Einkäufe erledigen und dann nach Hause gehen. Oder besser rennen! Denn heute könnte es durchaus sein, dass die Mutter schon da ist.

Sie versucht sich zu sammeln und noch einmal in Ruhe nachzudenken. Penne soll sie ja auch mitbringen. Aber was ist eigentlich Penne? In Berlin meinen sie damit die Schule. Aber Andreas meint bestimmt etwas anderes. Logisch. Aber was? Und dieses Pesto ... Pesto? Sie traut sich nicht, eine Verkäuferin zu fragen.

Marie irrt ziellos zwischen Obst und Gemüse hin und her. Keine Chance für sie, das Gesuchte zufällig zu entdecken. Die Wege zwischen den Regalen mit Nudelsorten aller Art, Filtertüten, Windeln, Katzenfutter, Kaffee, Kakao, Marmelade und Keksen machen sie ganz wuschig. Verzweifelt bleibt sie vor den Nudeln stehen, als sie plötzlich jemand an der Schulter antippt. Erschrocken dreht sie sich um.

Es ist Julia. »Hallo, Anne, suchst du was?«

»Ja, Penne, und ich weiß überhaupt nicht, was das ist!«, bricht es aus Marie raus. »Und so ein komisches Trüffel-Pesto! Das kenne ich auch nicht! Und ich soll das jetzt besorgen ...«

Ohne dass sie es verhindern kann, rinnen Marie Tränen über die Wangen.

»Aber, du weißt doch wohl …«, sagt Julia. Dann stutzt sie und grinst. »Endlich verstehe ich, warum du irgendwie anders bist. Ich hab mich schon neulich in der Theater-AG gewundert … Du bist gar nicht Anne! Stimmt's? Du bist Marie!?«

Und Marie, der die ganze Sache sowieso gerade über den Kopf zu wachsen beginnt, nickt bloß. Sie kann nicht anders als ja sagen. »Ja, ich bin Marie.« Nachdem sie das ausgesprochen hat, weint sie weiter, aber komischerweise ist sie in dem Augenblick einfach bloß erleichtert. Erleichtert, ihr großes Geheimnis mit jemandem zu teilen.

Und auch Julia ist erleichtert, weil sie endlich eine Erklärung für die veränderte Anne hat. Sie hat schon die ganze Zeit seit der Rückkehr aus Ungarn überlegt, warum Anne anders, stiller ist. Zurückhaltend. Sie nimmt Marie jetzt in die Arme und drückt sie ganz fest. Und dann verspricht sie ihr, das Geheimnis nicht zu verraten. Marie putzt sich die Nase, sagt gerührt: »Danke, Julia, du bist eine echte Freundin.«

Anschließend hilft Julia ihr dann das Trüffel-Pesto und die Penne zu finden. Penne sind kurze, dicke Nudeln, die aussehen wie abgeschnittene Strohhalme. Witzigerweise hat Marie genau davor gestanden.

Zusammen gehen sie zur Kasse und bezahlen. Marie ist erleichtert, als sie das Wechselgeld in ihre Börse steckt. Das ist auch so eine ulkige Sache mit dem Geld. Es ist viel schwerer als ihr Geld zu Hause.

Gemeinsam gehen Julia und Marie Richtung Eppendorf. Und Marie erzählt, wie es Anne in Ostberlin geht. Es ist ein großartiges Gefühl, endlich mal wieder mit jemanden offen und ehrlich über diese verrückte Rollentausch-Sache sprechen zu können. Julia schwört noch einmal bei dem Leben ihrer Oma, die sie heiß und innig liebt, dass sie die beiden Schwestern niemals verraten wird.

❦

Anne geht es gut in Berlin. Sie entdeckt, dass die Stadt gar nicht nur grau ist. Eigentlich gibt es fast mehr Parks und Brunnen als in Hamburg – und viele Brücken, wenn auch keinen großen Hafen. Viele Häuser sehen von innen gar nicht so anders aus als die Altbauten in Hamburg. Es sind bloß diese düsteren Fassaden, die sie am Anfang so abschreckend gefunden hat.

Allmählich wird es herbstlich kalt. Und da ist eine Sache, mit der sie nicht gerechnet hat.

Der Vater sagt morgens, bevor er ins Theater geht: »Marie, sei so gut und heize nachher auch im Wohnzimmer. Ich schaffe das jetzt auf die Schnelle nicht mehr. Es sind aber noch genug Kohlen hier oben.«

Wie bitte? Heizen! Das hat sie doch noch nie gemacht! Hilfe!, denkt sie, einen Ofen heizen, wie geht denn das?

Zwar gibt es auch in ihrem Zimmer einen Ofen, aber den hat Papa bisher immer geheizt und Kohlen nachgelegt. Um den hat sie sich bis jetzt noch nicht kümmern müssen. Überhaupt ist es ja noch nicht so lange kalt. Den ganzen Schultag über muss sie immer wieder an dieses Heizen denken. Sie fragt Leonie, ob sie zu Hause schon heizen würden.

»Klar«, antwortet die. »Mein Papa heizt morgens den Ofen, meine Mama legt später Kohlen nach.«

Nach der Schule geht Anne rasch nach Hause. Schneller als sonst steigt sie die Treppen hoch, schließt die Wohnungstür auf und läuft ins Wohnzimmer. Dort steht der Ofen. Ein grün gekacheltes Exemplar.

Ratlos guckt sie den Ofen an. »Wenn du doch bloß sprechen könntest«, murmelt sie.

Vor dem Ofen ist eine Metallplatte auf das Parkett genagelt. Die fällt ihr jetzt das erste Mal so richtig auf. Neben dem Ofen liegen die Kohlen in einem Metalleimer. Klar, sie muss sie nur hineinfüllen. Ja, und da ist etwa in Annes Kopfhöhe auch eine kleine Luke. Weiter unten ist aber auch eine. Welche ist jetzt die richtige?

Entschlossen öffnet sie die Luke in Kopfhöhe und blickt in den kleinen, dunklen Schacht hinein. Leider muss sie ausgerechnet in diesem Augenblick niesen. Sie niest direkt in diese Luke, in diesen Schacht mit alter Asche, und die fliegt ihr ins Gesicht, sodass sie gleich noch einmal niesen muss.

»Hilfe!«, sagt sie laut und hustet. Aber dann ruft sie entschlossen mit Blick auf den Ofen: »Du glaubst wohl, ich kann das nicht? Du wirst dich noch wundern!«

Und sie nimmt die Kohlen in die Hand und legt sie in die Öffnung hinter der Luke. Aber wie viele Kohlen braucht man eigentlich, um einen Ofen zu heizen? Beim Kochen sagt Andreas oft, »weniger ist mehr«. Gilt das auch hier? Und braucht man da auch Papier? Oder Holz? Sie hat keine Ahnung. Aber bestimmt mehr als vier Kohlen, denkt sie. Und sie stapelt die Kohlen. Mittlerweile ist sie schwarz im Gesicht, an den Händen und am Hals. Auch ihr Pullover und ihre Hose sind schwarz.

Und der Ofen ist immer noch aus. Anne sucht Feuer, etwas zum Anzünden.

Endlich hat sie Streichhölzer gefunden. Verbrennt sich fast die Finger, als sie die kleine Flamme an die Kohlen hält. Viel geschieht nicht. Kurz entschlossen nimmt sie noch zwei flache Hölzchen, die auch im Kohleeimer liegen, hält sie an die Streichholzflamme und legt sie auf die Kohlen.

Na bitte, eine der Kohlen glimmt. Schade nur, dass sie gleich wieder ausgeht. Jetzt nimmt Anne doch etwas Papier, knüllt es zusammen. Endlich brennt das Feuer. Großartig!

Aber was ist das? Sie hustet. Es qualmt auf einmal wie verrückt. Warum nur? Vielleicht hilft es, wenn sie diese zweite Klappe unten öffnet? Aber wie geht die auf? Verzweifelt untersucht Anne den Ofen. Sie könnte heulen. Schließlich entdeckt sie einen kleinen Hebel, den dreht sie nach rechts, und die Klappe geht auf.

Und dann, es kommt ihr wie ein Wunder vor, brennt das Feuer im Ofen plötzlich, ganz ohne Qualm! Und im Zimmer wird es warm. Anne ist erleichtert und stolz auf sich. Und der Vater wundert sich sehr, als er eher als erwartet nach Hause kommt und eine aufgelöste, aber stolze Anne mit schwarzem Gesicht und Ruß an den Fingern vorfindet.

»Mein Aschenputtel!«, ruft er, lacht und umarmt Anne. »Hast du denn vergessen gehabt, wie man heizt?«

Anne schüttelt den Kopf. »Nein«, schwindelt sie. »Aber die untere Luke hat irgendwie geklemmt.« Das ist der Nachteil an ihrem Mädchentausch, dass eine Lüge die andere nach sich zieht, denkt sie.

Gemütlich ist es, zusammen auf dem Sofa in dem warmen Raum zu sitzen, während es draußen regnet. Und Anne denkt, dass sie dem Vater ja schlecht die Wahrheit sagen kann.

Der Vater redet dann viel über seinen Freund Achim. »Ich vermisse ihn so. Mit ihm konnte man schweigen, ohne dass es unangenehm war. Aber auch reden, die ganze Nacht lang.«

Anne blickt ihn an, aber der Vater starrt in dem Moment aus dem Fenster, als würde dort in der Luft sein Achim rumschweben.

»Wir haben früher alles zusammen gemacht. Alles. Wir sind zusammen durchs Land getrampt, und wir haben uns beide in deine Mutter verliebt. Damals.«

Anne horcht auf.

»Marie, ich wollte es dir schon eher sagen, aber es ist so schwer für mich. Achim meinte auch immer, du solltest die Wahrheit wissen ...«

»Wovon sprichst du denn?«

»Deine Mutter ist damals nicht gestorben! Sie ist in den Westen gegangen. Genau wie Achim jetzt ...« Der Vater zieht Anne an sich.

»Warum hast du mir das nicht eher gesagt?« Und warum verschweigt er immer noch sie, das zweite Kind?, denkt Anne. Anscheinend gibt es die Wahrheit in dieser Familie immer nur stückchenweise.

»Ich weiß nicht, wieso«, antwortet der Vater leise. »Aber für mich war es einfacher so. Entschuldige, bitte ... Irgendwie war sie für mich auch gestorben, weil sie gegangen ist. Weil sie mich und dich verlassen hat. Ich habe wohl nicht begriffen, wie unglücklich sie zuletzt hier war.« Er seufzt. »Ich habe viel falsch gemacht …«

In Anne brodelt es. Sie will jetzt auch die Wahrheit sagen, will endlich alles beichten. Loswerden. Sie setzt schon an. »Ich muss dir …« Aber dann hält sie inne, beschließt zu schweigen. Sie kann ihm nicht alles erzählen. Unmöglich. Ihr wird ganz heiß. Um ein Haar hätte sie alles verraten! Zuerst muss sie doch mit Marie darüber sprechen. Also sagt sie nichts. Aber etwas fragen wird sie ihn noch: »Wo lebt denn meine … meine Mutter jetzt? Habt ihr noch Kontakt?« Sie ist sehr gespannt, was er nun antworten wird.

Der Vater reibt sich die Stirn. »Ich weiß es nicht. Das ist die schreckliche Wahrheit. Ich habe nie wieder von ihr gehört. Ich weiß ja nicht einmal, ob sie es geschafft hat, in den Westen zu fliehen. Gar nichts weiß ich.«

Richtig verzweifelt sieht er nun aus, starrt verbissen auf den Boden. Schade, dass sie ihm jetzt nicht alles sagen kann. Aber sie hat Marie ihr Ehrenwort gegeben.

»Vielleicht ist sie sogar in Westberlin«, murmelt der Vater.

»Wer weiß …«, stimmt ihm Anne zu und denkt, oder in Hamburg …

Beide schweigen, hängen ihren Gedanken nach. Arm in Arm sitzen sie da. Der Vater fährt sich über das Haar und sagt leise: »Niemand weiß doch, wie es hier weitergehen wird.«

Anne überlegt, ob er nun von sich, der Mutter, dem Theater – oder der DDR spricht. In der Schule sind es auf jeden Fall jeden Morgen mehr Kinder, deren Eltern Bekannte oder Freunde haben, die in den Westen geflohen sind.

Jetzt kann sie ihm noch nichts von dem Schwesterntausch erzählen. Es ist noch zu früh. Außerdem, denkt sie, haben sich auch die Eltern sehr viel Zeit für die Wahrheit gelassen. Strafe muss sein.

KAPITEL 15

In dem die Wahrheit ans Licht kommt.

Nach ihrem Geständnis in der Lebensmittelabteilung will Marie am liebsten so schnell wie möglich nach Hause. Julia begleitet sie. Marie erzählt, dass Frau Brandt der Mutter geschrieben hat. Sie merkt, wie gut es ihr tut, mit Julia über all das zu sprechen. Julia ist hier bei ihr, Anne ist weit weg. Vor Maries Haustür verabschieden sie sich herzlich voneinander.

Es nieselt, und Marie möchte jetzt schnell ins Haus. Dort schaut sie gleich in den Briefkasten. Er ist leer. Also hat schon jemand die Post mit hochgenommen.

Sie kann jetzt nicht auf den Fahrstuhl warten. Schnell läuft Marie die Treppe hoch in den zweiten Stock, während ihr dabei die Tüte mit dem Trüffel-Pesto-Glas und den Nudeln gegen die Beine schlackert.

Als sie aufschließt, hört sie ein Bellen, und ein goldfarbener, fremder Hund rast auf sie zu. Er hat zotteliges Fell, aber rot lackierte Krallen, die auf dem Parkett ein klackendes Geräusch machen. Außerdem trägt er eine Sonnenbrille mit kreisrunden, verspiegelten Gläsern und ein ebenfalls rotes Halstuch.

»Wer bist du denn?«, fragt Marie erstaunt, während sie in die Hocke geht und das Tier am Bauch krault. Der Hund hat sich nämlich gleich auf den Boden geworfen, auf den Rücken gewälzt und genießt es jetzt sichtlich, am Bauch gestreichelt zu werden. Die Sonnenbrille ist dabei nicht abgefallen.

»Anne, he! Sag bloß, du kennst Bernie und sein Herrchen, den weltbesten Waffelbäcker und Crêpewerfer, nicht mehr?«, ruft eine Männerstimme aus der Küche.

Marie sieht einen Mann mit dunklen, kinnlangen Haaren am Küchentisch sitzen. Das muss Victor sein, denkt sie. Klar, und sein Hund Bernie.

»Natürlich kenne ich dich, Victor!«, ruft sie. »Ich wusste bloß nicht, dass du heute kommst.«

»War eine Eingebung, aber anscheinend keine gute«, sagt Victor, während er aufsteht und zu Anne geht. Er küsst sie auf die Stirn und sagt: »Schicke neue Frisur!«

Marie nickt und schaut schnell auf den Küchentisch, ob dort vielleicht Frau Brandts Brief liegt. Es könnte ja auch sein, dass die Lehrerin ihn doch mit der Post geschickt hat. Aber da liegt ein ganzer Stapel, und den kann sie jetzt schlecht unauffällig durchblättern.

»Wo ist denn Mama?«

»Telefoniert«, antwortet Victor kurz und tritt, gefolgt von seinem Bernie, ans Fenster.

Anne geht jetzt doch schnell zum Tisch, stellt die Tüte mit den Einkäufen ab und schaut rasch den kleinen Stapel Briefe durch, der dort auf dem Tisch liegt. Da, das muss der Brief von Frau Brandt sein. Schnell nimmt sie ihn an sich, stopft ihn erst mal in ihre Hose und schiebt das T-Shirt darüber. Obwohl sie ein schlechtes Gewissen dabei hat. Ist ja nur aufgeschoben, denkt sie.

»Ich wollte deine Mutter überraschen«, sagt Victor plötzlich. Er dreht sich nicht zu Marie um, bleibt dort am Fenster stehen.

»Weißt du, ich bin hierhergedüst, habe Haus und Hof zurückgelassen, um mit euch heute Abend toll essen zu gehen. Auch Bernie ist mitgekommen und hat sich extra in Schale geworfen. Aber deine Mutter hat keine Zeit. Herzlos will sie uns wieder fortschicken.«

Hätte er sich ja eigentlich denken können, dass das so sein könnte, wenn er überraschend hier aufkreuzt, findet Marie.

In dem Moment betritt die Mutter die Küche.

»Victor, es tut mir leid …« Sie bemerkt Marie und küsst sie auf die Wange. »Hallo!«

Maries Herz klopft. Sie kaut nervös auf ihrer Unterlippe herum. Mama schaut sie an.

Victor dreht sich um. Er wirkt beleidigt. »Also gut, dann gehe ich eben wieder. Ich dachte, du freust dich. Aber nichts ist hier, wie es scheint.«

»Gott, Victor, sei doch nicht so theatralisch. Du hättest ja einfach vorher anrufen können, dann hätte ich mir bestimmt freinehmen können. Jetzt ist es schlicht und einfach zu spät dafür. Ich habe einen wichtigen Termin, den ich nicht aus einer Laune heraus einfach absagen kann.«

»Mach's gut, liebe Anne«, sagt Victor. Dann geht er mit der Mutter und Bernie zur Tür. Marie kann nicht verstehen, was die beiden dort noch reden. Sie denkt jetzt nur an den Brief. Soll sie ihn nicht besser woanders verstecken als unter dem T-Shirt? Aber wo? Die Tür klappt zu. Die Mutter kommt in die Küche zurück, seufzt. »Ich glaube, Victor und ich verstehen uns am besten, wenn wir uns nicht sehen.«

Die Mutter sieht sie an und zuckt ratlos mit den Schultern.

Und Marie hat das Gefühl, als könne Mama durch ihr T-Shirt durchgucken und den Brief sehen. Der Brief scheint größer und größer zu werden – und zu rufen: »Hier bin ich! Sie hat mich versteckt!«

Die Mutter geht zum Tisch und blättert den Briefstapel durch. »Nanu, hier war doch eben ein Brief von Frau Brandt, das weiß ich genau. Ich hab mich schon gewundert, was sie mir wohl schreibt. Anne, weißt du, wo der Brief geblieben ist?«

Marie schüttelt den Kopf und will aus der Küche gehen. Dabei übersieht sie ein Spielzeug von Evi, das auf dem Boden liegt. Sie stolpert, fällt aber nicht hin, weil sie sich gerade noch am Tisch abstützen kann. In dem Augenblick rutscht der Brief aus ihrer Hose und fällt auf den Boden.

Obwohl so ein Brief ja kein Stein ist und daher auch keinen Lärm macht, zuckt Marie zusammen, als wäre ein metergroßer Brocken in das Zimmer gedonnert.

»Kannst du mir das vielleicht mal erklären?«, fragt die Mutter. Sie spricht ruhig, mit höflicher Stimme. So redet sie manchmal auch am Telefon, das hat Marie schon mitbekommen, wenn die Mutter eigentlich wütend ist, es aber nicht zeigen möchte.

Stundenlang, so lang kommt es Marie vor, stehen sie beide bloß da und sehen sich an. In Wirklichkeit ist gerade einmal eine halbe Minute vergangen. Marie kommt es aber wie eine Ewigkeit vor. Sie bringt kein Wort heraus.

Schließlich bückt sich die Mutter, hebt wütend den Brief auf und öffnet ihn. Sie muss erst mal gar nicht weiterlesen, denn aus dem Umschlag fällt ein Foto heraus. Man sieht Anne und Marie, wie sie zusammen am See sitzen. Die Aufnahme muss Frau Brandt irgendwann am Balaton gemacht haben. Anne ist darauf noch mit Zopf zu sehen.

Die Mutter schaut auf das Foto und blickt dann ungläubig ihre Tochter an.

»Marie?!«, sagt sie dann leise. Und noch einmal lauter: »Marie?«

Marie schaut die Mutter an. Erschrocken. Und dann geht sie auf die Mutter zu. Und die Mutter geht auf sie zu. Marie hat das Gefühl, sie würden sich wie in Zeitlupe bewegen. Dabei geht alles ganz schnell. Sie liegen sich jetzt in den Armen. Küssen und umarmen sich.

»Marie!«, sagt die Mutter zum dritten Mal – und weint.

Marie weint auch. Irgendwie landen sie nebeneinander auf dem Boden. Die Mutter hält immer noch Frau Brandts Brief in den Händen. Marie ist zum zweiten Mal an diesem Tag aufgewühlt und erleichtert zugleich. Jetzt muss sie sich nicht mehr verstellen. Es kommt ihr in dem Moment so vor, als wäre sie erst jetzt richtig bei der Mutter angekommen. Ganz leicht fühlt sie sich.

Sie umarmen sich fest, dabei segelt der Brief zu Boden. Marie erzählt, wie sie auf die Idee mit dem Schwesterntausch gekommen sind.

Sie versucht, alles der Reihe nach ganz ordentlich zu erzählen, aber sie wird dabei von der Mutter immer wieder mit Zwischenfragen unterbrochen.

Die Mutter hält die ganze Zeit über Maries Hände fest, ab und zu lässt sie sie los, um ihr über das Haar zu streichen.

»Ich hatte ja keine Ahnung«, flüstert die Mutter. »Ich habe mich nur etwas gewundert, weil du vielleicht ein bisschen stiller warst als sonst. Aber in der Schule lief es gut, auch mit Julia und Melli. Ich habe keinen Verdacht geschöpft. Ich wäre einfach gar nicht auf so eine Idee gekommen. Verrückt, dass ihr euch da überhaupt zufällig getroffen habt … Unglaublich.«

Marie erzählt, wie Anne und sie jeden Tag unauffällig geübt haben. Jede musste ja andere Sachen lernen, Thälmann-Lieder, Englisch-Vokabeln, Lehrernamen …

Die Mutter ist immer noch fassungslos und sagt: »Ich dachte, Toni hätte recht. Eine Reise kann einen ja auch verändern.« Sie sieht Marie an und seufzt. »Marie, es ist so schön, dass du jetzt da bist, dass ich dich auch sehen und erleben darf.« Sie seufzt. »Du hältst mich bestimmt für eine Rabenmutter, weil ich damals mit nur einem Kind *geflohen* bin?«

Marie schweigt. Denn das ist genau der Stachel, der wehtut. Warum hat die Mutter nicht sie beide mitgenommen? Warum ist sie überhaupt gegangen, wenn klar war, dass sie nicht beide Kinder mitnehmen kann? Wieso hat sie eine Mutter, die ihren Beruf mehr liebt als ihre Kinder?

»Ja, wieso hast du denn nicht um uns beide gekämpft!«, schreit sie und weint. »Bist einfach weggegangen. Und ich dachte die ganze Zeit, du wärst tot!«

»Ich will es dir erklären, so gut ich kann«, sagt die Mutter.

Sie sitzen immer noch auf dem Boden, aber das ist ihnen in dem Moment ganz egal.

»Zuerst mal wurde ich damals in der DDR furchtbar unter Druck gesetzt. Die haben versucht, mich zu erpressen. Es hieß, wenn ich meine Freunde bespitzele, dann kann ich wieder schreiben, aber das wollte ich nicht. Ich wollte nicht für die Stasi arbeiten. Ich wollte in diesem Staat einfach nicht länger leben.« Die Mutter lehnt den Kopf an die Wand und spricht weiter. Und Marie hört zu.

»Dein Vater hat nicht gewollt, dass ich gehe. Er hat immer

gesagt, uns geht es doch gut. Dabei ging es nur ihm alleine gut, an seinem Theater. Das war wie eine geschlossene Welt für sich. Der hat ja bestimmte Dinge gar nicht durchschaut. Er hat auch immer gesagt, er wäre bloß ein Schauspieler … Für Politik, draußen vor seiner Theatertür, hat er sich doch gar nicht richtig interessiert. Aber ich war kreuzunglücklich. Ich musste gehen. Er hätte ja auch mitkommen und hier in Hamburg oder München an einem Theater arbeiten können. Aber das wollte er nicht. Vielleicht hat er an den Sozialismus geglaubt, daran, dass eine bessere Welt entsteht … Wir haben uns fürchterlich gestritten damals. Er hat gesagt, er wäre nur einverstanden, dass ich gehe, wenn ein Kind dafür bei ihm bleibt. Vielleicht war es für ihn einfacher, dir zu sagen, ich wäre tot. Ich weiß es nicht. Ich habe Anne ja auch angelogen … Niemand wusste hier, wer Annes Vater in Wirklichkeit ist. Als ihr noch klein wart, hat er auf jeden Fall sehr betont, dass er in der DDR bleiben will. Er wollte keinen Ärger. Wir sind sehr verschieden, weißt du …«

»Wieso hätte er denn Ärger bekommen können? Er wollte doch auf jeden Fall in Ostberlin am Theater bleiben, oder?«, fragt Marie.

»Er wollte nicht, dass jemand denken könnte, er würde auch fortwollen. So kam es, dass wir uns getrennt haben …«, die Mutter spricht leise. »Manchmal trennen sich Menschen, obwohl sie sich lieben. Wir konnten einfach nicht zusammenbleiben. Ich weiß, dass du und Anne das wahrscheinlich nicht verstehen könnt, aber es gab einfach keine andere Möglichkeit für mich, um zu überleben.«

Marie muss das alles erst mal sacken lassen. Einen Teil der

Geschichte hat sie ja schon von Anne gehört. »Aber«, sagt sie zur Mutter, »wie wird denn jetzt alles weitergehen?«

»Ich weiß es nicht. Wir müssen auf jeden Fall Anne anrufen. Ich möchte doch euch beide bei mir haben. Wir müssen eine Lösung finden. Am besten jetzt gleich. Gibst du mir bitte eure Nummer in Ostberlin?«

Wenig später steht die Mutter am Telefon und wählt und wartet, aber am anderen Ende nimmt niemand ab. Auch am nächsten Tag ist das so und am übernächsten auch.

Die Mutter und Marie machen sich Sorgen. Sie beschließen, Anne zu schreiben und auf Freitag zu warten. Denn freitags haben Anne und Marie bis jetzt immer miteinander telefoniert.

KAPITEL 16

*In dem die Mauer fällt und man nach
Berlin reist und hofft ...*

Es ist der 9. November 1989 und herbstlich grau. In den Schulen in Ostberlin und Hamburg werden Klassenarbeiten und Aufsätze geschrieben. Reichlich Hausaufgaben gibt es noch dazu.

In Berlin wundert man sich langsam, dass Marie nicht mehr so folgsam ist. Sie wirke ein wenig aus der Bahn geworfen, sagt Frau Gundler. Sie vermutet, es könne an der Begegnung am Balaton mit dem Hamburger Mädchen liegen. Während man in Hamburgs Lehrerzimmer über Annes »gereifte Form der Wiedergabe« spricht. Frau Brandt hat ihre Kollegen nicht darüber informiert, dass sie einen Brief an Annes Mutter geschrieben hat. Sie weiß auch nicht, dass ihre Schülerin eigentlich Marie und nicht Anne ist.

❧

Die Schmöckwitz ist tatsächlich die unmöglichste Lehrerin, die Anne je erlebt hat. Sie hat es an diesem Tag fertiggebracht, Leonie zur Strafe für vergessene Hausarbeiten zehn Liegestütze vor der Klasse machen zu lassen. Dafür, quasi als Ausgleich, ist Anne der strenge Pionierleiter Albert erspart geblieben. Vorsichtig hat sie sich erkundigt, wo der eigentlich stecken würde. Der war ja nun wohl schon ewig krank. Und Ralfi hat dann den absoluten Knüller erzählt. Der Pionierleiter Albert hat nämlich schon vor Wochen seine Taschen gepackt und ist *rübergegangen*. Seine

Familie hat versucht, es zu verheimlichen, indem sie überall herumerzählten, er sei krank. Ralfi hat es aus einer »todsicheren Quelle« erfahren, von seiner älteren Schwester Irene. Und Irene ist mit Schmöckwitz' Cousine befreundet. Und diese Cousine, sagt Ralfi, sei eben eine echte Plaudertasche.

»Mein lieber Scholli«, sagt Leonie. »Dass der olle Albert die Traute hat, abzuhauen!«

»Ich find's eigentlich viel komischer, dass der überhaupt gegangen ist«, sagt Ralfi. »Wo der doch immer so hinter dem System gestanden hat.«

Anne kann gar nicht richtig zuhören, sie hat seit gestern Schnupfen und Halsschmerzen und ist müde. Wahrscheinlich hat sie sich beim Vater angesteckt, der seit Tagen hustend und niesend durch die Wohnung läuft, mit Salbeitee gurgelt und sich partout kein Fieber messen lassen möchte.

Gestern durfte sie endlich mal Stichwortgeberin sein. Aber weil der Vater sehr erkältet ist, war das nicht so toll, wie sie es sich vorgestellt hat. Ständig hat er sich die Nase geputzt und gejammert, er bekäme zu wenig Luft. Anne hat mittlerweile große Lust, selber etwas zu spielen. In der AG ihrer Hamburger Grundschule hatten sie ja auch gerade begonnen, ein Stück einzuüben – und dann sind sie auf Klassenfahrt gefahren.

Wenn der Vater wieder fit ist, will sie ihn fragen, ob er ihr helfen kann, hier eine Theater-AG für sie zu finden. An der Schule gibt es keine. Vielleicht kann er oder jemand anders vom Theater ihr ja Unterricht geben. Das wäre ihr wichtiger als Klavierspielen. Obwohl man als Schauspielerin wahrscheinlich auch Klavier spielen können sollte.

»Ich glaube, ich werde krank«, sagt Anne zu den anderen und niest.

»Dann zieh bloß Leine!«, ruft Leonie. »Und gute Besserung.«

Anne verabschiedet sich und geht langsam Richtung Kollwitzplatz. In ihrem Kopf scheint alles zu schwimmen, und in ihrem Hals sitzt ein unangenehmer Kloß. Sie denkt weiter über das Schauspielern nach. Das Mädchen in *Goldregen* ist gar nicht so viel älter als sie. Warum soll sie nicht versuchen, das einzustudieren. Ihre Rolle hier als Marie Roemer meistert sie ja wohl nicht schlecht. Dabei muss sie an Marie in Hamburg denken. Wenn sie bloß wüsste, was da in der Hegestraße los ist! In letzter Zeit klappt es einfach gar nicht mit dem Telefonieren. Es kommen auch keine Briefe an. Na ja, morgen ist endlich Freitag!

Zu Hause liegt der Vater auf dem Sofa und schläft. Eine Zeitung ist über seinem Gesicht ausgebreitet und verdeckt seine Augen. Anne nimmt die Zeitung vorsichtig herunter und legt sie auf den Tisch. Sie ist auch sehr müde. Vielleicht geht es ihr besser, wenn sie sich eine Wärmflasche macht und sich hinlegt. Was für eine dumme Erkältung haben sie sich da nur eingefangen! Schade, dass jetzt nicht die Mutter oder Andreas da sind. Die kochen dann immer so köstlichen Tee. Und es ist so gemütlich, zu Hause in ihrem Bett zu liegen, wenn Mama oder Toni vorlesen.

Sie müssen beide eingeschlafen sein, der Vater und sie. Es ist mitten in der Nacht, als Anne aufwacht. Sie hat Durst und geht leise in die Küche. Auf dem Kollwitzplatz muss irgendetwas los sein. Sie hört weiter weg, draußen auf der Straße, Stimmen und Lachen und Motorengeräusche.

Anne legt sich wieder hin und schläft weiter. Sie hat mittlerweile Fieber, genau wie der Vater, und träumt zusammenhangslos von Hexen, die sie direkt unter den Bordstein in einen geheimen Kanal ziehen wollen. Aber die Mutter kommt und rettet sie. Im Traum hat sie so ein altes Automobil, das man an einer Art Kurbel aufziehen muss. An dieser Kurbel steht Marie.

❋

Am Morgen darauf, in Hamburg.

»Marie! Marie, du musst aufwachen!«, ruft die Mutter aufgeregt. Sie steckt den Kopf ins Zimmer und sagt: »Du wirst es nicht glauben!«

»Was denn?«, murmelt Marie. Sie ist müde und will weiterschlafen.

»Du kannst dir nicht vorstellen, was passiert ist!« Die Mutter läuft in ihr Zimmer und steht jetzt an Maries Fußende. »Stell dir vor, die Mauer ist heute Nacht aufgemacht worden!«

»Was! Die Mauer in Berlin?«, ruft Marie und ist plötzlich hellwach.

»Ja, es kam gestern noch in den Nachrichten, und wir haben es verpasst. Ich habe es gerade eben im Radio gehört. Der Schabowski von der SED hat gesagt, dass ab sofort die Ausreise ins westliche Ausland ohne besondere Begründung möglich ist. Das waren seine Worte. Tausende sind wohl schon heute Nacht über die Grenze spaziert. Ich konnte es erst gar nicht glauben! Ich dachte, es wäre ein Scherz«, sagt die Mutter aufgeregt.

Marie und die Mutter sind gestern essen gegangen und haben noch mal in Ruhe über den Schwesterntausch gesprochen. Über

Notlügen, feige Lügen und darüber, dass man nicht immer die Wahrheit sagen kann.

Marie steht auf. Kann sich das Ganze nicht vorstellen. Keine Mauer mehr. Kann man dann einfach zwischen Ostberlin und Westberlin hin- und herlaufen?

»Wir müssen sofort Anne anrufen«, sagt die Mutter.

Und Marie ruft: »Ja, und Papa!«

Die Mutter versucht dann auch gleich, Anne zu erreichen, ohne Erfolg. Dann telefoniert sie mit ihrer Redaktion vom Fernsehen, während Marie ins Bad geht und sich anzieht.

»Weißt du, was wir heute machen?«, fragt die Mutter. »Wir packen unsere Koffer und fahren nach Berlin! Ich habe schon mit meinem Chef, dem CVD Fritzstein vom Sender, gesprochen.«

»Was ist denn ein CVD?«

»Ach, der Chef vom Dienst. Die schicken mir auf jeden Fall gleich einen Boten mit einer Sondergenehmigung. Eigentlich braucht man ja immer noch ein Visum, um in die DDR einreisen zu dürfen. Wir gucken einfach mal, ob wir es so mit meinem Presseausweis und dieser Sondergenehmigung schaffen. Vielleicht kann ich auch vor Ort ein Visum beantragen und gleich bekommen.«

»Ich dachte, du darfst eigentlich gar nicht durch die DDR fahren, als ehemaliger Republikflüchtling«, sagt Marie.

»Der Fritzstein meint, das interessiert jetzt keinen Menschen mehr! Zur Not müssen wir vielleicht zu Fuß rübergehen. Aber wir werden sehen. Lassen wir uns überraschen. Überhaupt will ich das mit eigenen Augen sehen! Ich kann es sonst gar nicht richtig glauben. Außerdem ist das ein historisches Ereignis, das müssen wir uns angucken! Und ich will natürlich zu Anne. Wer weiß, wie es ihr geht. Hannes weiß ja immer noch nichts von eurem Tausch, hast du gesagt.«

Marie nickt.

Kurz darauf packt die Mutter rekordverdächtig schnell den Koffer. Marie nimmt den Teddy und den Kieselstein vom Balaton mit.

Die Sondererlaubnis vom Sender bekommt die Mutter per Fahrradkurier geliefert. Es dürfte eigentlich keine Schwierigkeiten bei der Einreise geben, heißt es auf dem Begleitschreiben. Man ist begeistert, dass sie vor Ort sein wird. Und wenn Marie einverstanden ist, darf sie den Bericht der Mutter sogar mit eigenen Eindrücken unterstützen.

»Die kindliche Sicht soll dem Ganzen noch mehr Vielschichtigkeit verleihen«, sagt die Mutter.

Sie haben auf ein richtiges Frühstück verzichtet, nur rasch ein paar Cornflakes mit Milch gegessen. Jetzt sitzen sie im Auto und sprechen über die geplante Reportage, die unter dem Motto steht: »Die Mauer ist gefallen – und was haben Sie gemacht?«

»Und ich kann auch etwas darüber schreiben?«, fragt Marie.

»Ja, wenn du willst«, antwortet die Mutter.

»Und ob ich will! Das macht bestimmt Riesenspaß! Mensch, ich bin so aufgeregt! Was Anne und Papa wohl gerade machen?«

❧

Anne und der Vater haben den Mauerfall komplett verschlafen. Sie liegen beide mit einer fiebrigen Erkältung im Bett. Abwechselnd stehen sie nur kurz auf, um sich ins Bad zu schleppen.

Anne kann sich nicht erinnern, dass sie sich schon einmal so schlapp gefühlt hat. Sie hat es gerade noch geschafft, die Vorhänge etwas zur Seite zu ziehen. So kann sie den Wasserturm sehen, zumindest einen Teil davon. Aber meistens nicht, weil sie immer wieder einschläft. Da sie gestern beide nicht einkaufen waren, ist nur noch altes Brot im Haus. Das essen sie dünn mit Butter bestrichen, trinken Tee und legen sich wieder hin.

Anne fährt im Traum wieder in dem Kurbel-Auto durch die Gegend. Komisch, sie hat diese Fortsetzungsträume schon manchmal erlebt. Eine seltsame Sache … Wieder ist die Mutter dabei. Im Schlaf seufzt Anne. Die Mutter ist ja in Wirklichkeit unerreichbar weit fort, es ist wie im Märchen: so als wäre die Mutter und ihr altes Leben hinter vielen Bergen verschwunden und nur mit einem Zaubertrick zurückzubekommen.

❧

Inzwischen sind die Mutter und Marie schon ganz nah. Sind fast die ganze Transitstrecke durch die DDR gefahren. Und bei der Einreise nach Ostberlin, am Übergang Bornholmer Straße, gibt es dann keine Probleme.

Obwohl die gesamten Unterlagen der Mutter, die Sondergenehmigung und der Presseausweis von einem jungen Grenzsoldaten gewissenhaft geprüft werden, zwinkert der Mann dabei Marie freundlich zu. Die Mutter steht draußen. Sie füllt auch noch eine Art Visum-Ersatz aus.

Die Mutter bemüht sich, freundlich zu sein, aber sie ist hektischer als sonst. Schließlich wünscht ihnen der Grenzsoldat eine gute Weiterfahrt.

Ohnehin gibt es eher auf der anderen Seite Richtung Westen Probleme, weil sich da die Blechlawinen der Autos stauen und Fußgänger sich durchschlängeln. Überall herrscht die reinste Silvesterstimmung. Sektkorken knallen, fremde Menschen feiern, liegen sich in den Armen, rufen sich ausgelassen Willkommensgrüße zu, lachen, winken und tanzen auf dem Bordstein und manche auch auf der Straße. Noch nie zuvor haben Marie und ihre Mutter so einen Freudentaumel erlebt. Niemand scheint sich über die langen Wartezeiten zu beschweren. Es ist ein tolles

Gefühl: Die Mutter und sie fahren gemeinsam durch Ostberlin. Es ist wie ein Traum.

Marie ruft: »Schau, der Fernsehturm, er dreht sich immer noch!« Sie lacht. »Mann, war ich stolz, als Papa und ich da mal mit Filmleuten zum Essen waren. Wir mussten nicht mal besonders lange warten ...« Marie liest jeden Straßennamen vor. »Guck, das Ampelmännchen, so eins gibt's in Hamburg nicht!«

Je mehr Marie redet, desto stiller wird die Mutter.

»Die vielen Trabis ...« Marie hat das Gefühl, als wäre sie Jahre fort gewesen, aber alles sieht irgendwie aus wie immer. Es ist unwirklich. Unauffällig kneift sie sich ins Bein. »Au.«

Da draußen, das ist wirklich die Kastanienallee, und dann sind sie am Kollwitzplatz und parken. Der große, schöne Wasserturm, herrlich!

»Hier hat sich ja nicht viel verändert, eigentlich gar nichts«, stellt Marie zufrieden fest. Sie dreht sich zur Mutter um. Die hat mit beiden Händen das Steuer fest umklammert und blickt nach draußen. Obwohl sie ruhig dasitzt, wirkt sie aufgewühlt, traurig und aufgeregt zugleich.

Und da begreift Marie, dass es ja für die Mutter das erste Mal seit langer Zeit ist, dass sie wieder hier sein kann. Ich bin zu Hause, das ist es, was Marie noch denkt.

»Lass uns aussteigen«, sagt die Mutter mit belegter Stimme und schluckt.

Marie malt sich aus, wie sich die Eltern das erste Mal nach all den Jahren sehen und aufeinander zurennen. Natürlich geschieht das mit weit ausgebreiteten Armen. Der Vater hebt die Mutter hoch und wirbelt sie durch die Luft. »Da bist du ja wieder!«, ruft er froh, so als wäre alles nur ein böser Traum gewesen. Marie denkt, dass sie alle nun für immer zusammenbleiben.

In Wirklichkeit ist es ein bisschen anders.

Marie hat ihren Wohnungsschlüssel Anne gegeben. Aber die Haustür unten ist unverschlossen. Hintereinander steigen sie die Treppen hoch. Die Mutter geht hinter Marie. Und dann stehen sie vor der Tür, blicken beide auf das Roemer-Schild. Marie klingelt.

Die Mutter sieht angestrengt aus, knabbert heimlich sogar an ihrem Fingerknöchel herum. Gleich ... Aber die Tür geht nicht auf.

Was nun? An die Möglichkeit, dass der Vater und Anne nicht zu Hause sein könnten, haben Marie und ihre Mutter gar nicht gedacht. Vielleicht sind die beiden gerade in Westberlin und spazieren über den Ku'damm.

Dann aber hören sie ein Rascheln und Husten. Und die Tür geht doch auf. Maries Herz hämmert und rast – das von ihrer Mutter auch. Wie wird die erste Begegnung mit dem Vater sein?

Aber es ist Anne, die die Tür öffnet. Sie steht da, in Maries Nachthemd. Sie ist bleich und hustet. Verdutzt schaut sie von Marie zu ihrer Mutter. »Mama! Marie!«, krächzt sie. »Wo kommt ihr denn auf einmal her?«, und fällt beiden um den Hals.

»Wer ist denn da, Marie?«, ruft der Vater aus dem Schlafzimmer.

Niemand antwortet. Marie, Anne und die Mutter halten sich eng umschlungen. So stehen sie in dem zugigen Treppenhaus. Bis die Mutter Annes Husten hört und sagt: »Anne, du gehörst doch ins Bett.«

»Na so was!«, ruft der Vater in diesem Augenblick. Er hat sich

gewundert, was Marie so lange macht, und ist in seinem gestreif-
ten Pyjama zur Tür gelaufen.

»Na so was, wo kommt ihr denn jetzt plötzlich her? Wieso,
ich meine …«, stottert er verwirrt.

»Hallo Papa. Ich bin wieder da!« Marie springt ihrem ver-
dutzten Vater um den Hals.

Der Vater schaut mit großen Augen zwischen Anne und Marie hin und her. Er ist völlig durcheinander.

»Die Mauer ist gefallen!«, ruft Marie. »Heute Nacht ist doch
die Mauer gefallen!«

»Was?«, rufen der Vater und Anne im Chor. »Und das haben
wir verschlafen!«

»Das ist übrigens deine Marie«, versucht die Mutter zu erklären und zeigt auf Marie. Dann zeigt sie auf Anne. »Und das ist Anne. Die beiden haben sich am Balaton getroffen und die Rollen getauscht. Ich hatte bis gestern auch keine Ahnung.«

»Entweder ich habe hier einen Fiebertraum oder …« Der Vater weiß nicht mehr weiter.

Alle reden nun durcheinander, die Kinder versuchen, von ihrer Begegnung in Ungarn zu erzählen und von der Idee mit dem Mädchentausch.

Sie gehen dann alle in die Wohnung. Der Vater schlüpft in seinen Bademantel, und Anne bekommt den von Marie. Und sie reden und reden stundenlang.

Anne legt sich auf das Sofa. Sie hat Schüttelfrost. Die Mutter bringt ihr eine heiße Wärmflasche. Der Vater kocht Tee, und Marie geht zum Bäcker um die Ecke, um Brot zu kaufen. Alle haben plötzlich großen Hunger.

Am Abend sprechen die Eltern lange alleine miteinander. Während Anne und Marie in Maries Zimmer liegen und auch reden. Sie haben schnell all die Neuigkeiten ausgetauscht. Haben über Victor und Katinka gesprochen. Marie weiß nicht, ob Victor und die Mutter sich nach ihrem Streit wieder versöhnt haben. Sie sprechen über die Eltern.

»Jetzt können wir nur noch hoffen, dass sie wieder zusammenfinden«, sagt Marie und seufzt. »Dass sie ihre Liebe erkennen. Und dass wir dann alle zusammenbleiben, für immer!

»Das wäre wie im Märchen.«

»Warum soll es nicht manchmal wie im Märchen sein?«

Als die Kinder längst schlafen, Anne im Bett und Marie auf

einer Luftmatratze daneben, reden die Eltern noch immer miteinander.

Am nächsten Morgen sitzen alle zusammen im Wohnzimmer. In die Schule geht heute sowieso keiner.

»Sind wahrscheinlich eh alle in Westberlin!«, ruft Anne.

Alle lachen, dann wird es ernst. Hannes und Annemarie versuchen den Mädchen zu erklären, warum sie damals nicht anders handeln konnten. Immer wieder schauen sie sich dabei zaghaft von der Seite an.

»Es ging damals nur so und nicht anders«, sagt die Mutter. »Ich bin gegangen, obwohl es mir fast das Herz gebrochen hat. Obwohl ich Marie und dich geliebt habe. Und wie!«

Der Vater schaut Marie und Anne an. »Ihr müsst wissen, ich habe niemanden mehr so geliebt wie eure Mutter. Ich konnte sie nie vergessen.«

Anne und Marie halten sich jetzt an den Händen. Etwas peinlich finden sie dieses Geständnis ja schon.

»Wir haben gestern noch viel geredet. Wir haben fast die halbe Nacht lang gesprochen ...«

Die Mutter lächelt. »Euer Vater hat gefragt, ob uns wohl noch einmal jemand eine Chance gibt. Und ich habe ihm gesagt, das müssten wir schon selber tun, uns eine Chance geben.«

Anne und Marie verstehen noch nicht ganz genau, was die Mutter ihnen damit sagen will.

Der Vater schaut Anne an: »Kannst du dir denn vorstellen, Hamburg aufzugeben und hier zu leben?«

Anne zögert nicht, sagt einfach: »Ja!«

Marie umarmt sie.

KAPITEL 17

Und so ist es weitergegangen ...

Annemarie Bergmann und Hannes Roemer haben entdeckt, dass sie »wirklich noch tiefe Gefühle füreinander haben«. So haben sie es ja auch Anne und Marie erklärt. Aber sie wollen nichts überstürzen.

Die Mutter ist zunächst einmal mit Anne zurück nach Hamburg gefahren. Sie hat sich von Victor getrennt und viele Gespräche mit verschiedenen Fernsehsendern geführt …

Marie ist beim Vater geblieben, aber diesmal ist alles anders. Es ist klar, dass sie sich alle so bald wie möglich, schon in wenigen Wochen wiedersehen werden. Und dann für immer!

Die Mutter hat von ihrer Fernsehredaktion einen Job in Berlin angeboten bekommen. Als Chefredakteurin mit großzügigem Gehalt. Der Vater kann weiterhin bei seinem Theater arbeiten. Seine Kollegen und er haben im Gegensatz zu vielen anderen niemanden bespitzelt. Sie hatten ein raffiniertes Abkommen. Sie gaben der Stasi nur harmlose Informationen, die sie vorher miteinander abgesprochen hatten. Und sie hatten Glück, es gab niemand in ihrem Kreis, der sie verraten hat. So etwas hat es eben auch gegeben, hat der Vater nicht ohne Stolz gesagt.

Hannes Roemers Freund Achim ist nicht mehr nach Berlin

zurückgezogen. Er ist nach der Wende in die USA ausgewandert und arbeitet dort im *Chicago Opera Theatre* als Bühnenbildner. Er hat sie aber alle eingeladen, ihn bald zu besuchen.

Anfang Januar 1990 hat die Mutter eine Wohnung am Kollwitzplatz gemietet.

»Hannes und ich müssen ja nicht gleich wieder in den alten Trott verfallen«, hat sie zu Toni und Andreas gesagt. Die beiden sind fassungslos, weil Annemarie und Anne aus Hamburg wegziehen. Weil ihnen das alles viel zu schnell geht. Auch Julia und Melli sind traurig. »Wir werden uns schreiben und uns in den Ferien besuchen«, sagt Anne.

»Aber es wird nicht mehr dasselbe sein«, hat Julia betrübt gesagt. »Nie mehr!«

»Wir schaffen das«, hat Anne versprochen. »Wir sind doch Freundinnen – für immer!«

Und als Evi Anne wiedergesehen hat, hat sie gesagt: »Ich wusste gleich, dass du das in den letzten Wochen nicht warst, aber die andere mit deinem Gesicht, die war ja auch vom Planeten Doronnadonnados.«

Anne hat nicht verstanden, wovon Evi eigentlich genau spricht, aber das ist auch nicht so wichtig. Viel wichtiger findet sie, dass sie es alle zusammen versuchen werden. Auch wenn sie vielleicht keine *normale* Familie sind, die in einer Wohnung zusammenlebt. Immerhin hat sie jetzt Vater und Mutter, dazu ihre Schwester, und das sogar in einer Stadt. Sie werden auf eine Schule, vielleicht auch in eine Klasse gehen.

Frau Gundler wird ihre Klassenlehrerin sein. Seit der Ungarnreise schreiben sie und Herr Kleinmann sich regelmäßig.

Es ist nicht ausgeschlossen, dass sie sich im Sommer wiedersehen.

Frau Schmöckwitz ist nach dem Mauerfall zu ihrer Schwester
nach Dresden gefahren und nie mehr zurückgekommen.

Die Teddys Olli und Heinrich sitzen vereint nebeneinander in
Maries Zimmer auf dem Bett. Sie sind nicht voneinander zu un-
terscheiden. Nur wenn man ganz genau hinsieht, entdeckt man,
dass Heinrichs Mundwinkel einen Tick mehr nach oben zeigen.
Die beiden Kieselsteine vom Balaton liegen auf dem Klavier im
Wohnzimmer.

»Jetzt hat unsere Familie zwei Wohnungen am selben Platz«,
sagt Anne glücklich.

»Und wir haben beide dort zusammen ein Zimmer«, ergänzt Marie zufrieden.

»Das ist toll: Wenn wir uns streiten, können wir uns super aus dem Weg gehen. Dann laufen wir einfach in die jeweils andere Wohnung.«

»Wir haben uns aber noch nie gestritten«, stellt Anne fest.

»Dann lass uns endlich mal damit anfangen, wir haben viel nachzuholen.« Marie lacht. »Eigentlich haben wir ja als Schwestern noch nie so richtig zusammengelebt.«

»Wünschst du dir noch etwas?«, fragt Anne Marie.

Im Wohnzimmer stehen die Eltern Arm in Arm und blicken aus dem Fenster. In der Wohnung über ihnen hört man jemanden Saxofon spielen.

»Ja, ich wünsche mir, dass alles so bleibt, wie es jetzt ist!«, antwortet Marie.

GLOSSAR

DATSCHE   Der Begriff stammt von dem russischen Wort *Datscha* ab und bedeutet Garten- oder Wochenendhaus.

DDR   Die Deutsche Demokratische Republik (DDR) war ein zentralistisch regierter sozialistischer Staat. Ihre Gründung am 7. Oktober 1949 auf dem Gebiet der → Sowjetischen Besatzungszone erfolgte vier Jahre nach dem Ende des Zweiten Weltkrieges auf Betreiben der → Sowjetunion. Zuvor war im Mai 1949 die Bundesrepublik Deutschland auf dem Gebiet der westlichen Besatzungszonen mit Unterstützung der drei Westmächte USA, Großbritannien und Frankreich gegründet worden. In der DDR wurde der »Aufbau des Sozialismus« nach den Vorgaben der → SED zunehmend autoritär und zentralistisch durchgeführt. Wahlen fanden zwar statt, wurden aber manipuliert und dienten der Legitimation der → SED. Obwohl Republikflucht strafbar war, stieg die Zahl der DDR-Bürger, die in den Westen flohen, bis 1961 stetig an. Gründe hierfür waren das zunehmende wirtschaftliche Ungleichgewicht zwischen Ost und West, die Furcht vor Willkürmaßnahmen seitens der sowjetischen Besatzungsmacht und der DDR-Regierung sowie das Fehlen wesentlicher demokratischer Grundrechte wie Meinungs- und Reisefreiheit.

Mit Errichtung der Berliner Mauer am 13. August 1961 wurde die massenhafte Abwanderung der DDR-Bevölkerung in den Westen unterbunden. Erst die friedliche Revolution 1989/90, eingeleitet durch Massenproteste der DDR-Bevölkerung gegen das SED-Regime, führte schließlich zur politischen Wende: Nach der Öffnung der Grenzübergänge und dem Fall der Berliner Mauer am 9. November 1989 erfolgte die schrittweise Überwindung der deutschen Teilung. Der Beitritt der DDR zur Bundesrepublik am 3. Oktober 1990 beendete die Existenz der DDR und führte zur Wiederherstellung der deutschen Einheit.

HANS-DIETRICH GENSCHER Deutscher Politiker (1927–2016); von 1974 bis 1985 Bundesvorsitzender der FDP. Er war von 1969 bis 1974 Bundesinnenminister sowie von 1974 bis 1992 fast ununterbrochen Außenminister und Vizekanzler der Bundesrepublik Deutschland. Als Außenminister stand er für eine Ausgleichspolitik zwischen Ost und West und entwickelte eigene Strategien für eine aktive Entspannungspolitik und die Weiterführung des Ost-West-Dialogs. Er hatte großen Anteil an der europäischen Einigung und am Gelingen der deutschen Einheit. Im Spätsommer 1989 gelang es ihm, von der SED-Regierung die Ausreiseerlaubnis für diejenigen DDR-Bürger zu erreichen, die sich noch vor der Maueröffnung in die bundesdeutsche Botschaft in Prag geflüchtet hatten.

ERICH HONECKER   Ostdeutscher Politiker (1912–1994); von 1971 bis 1989 Generalsekretär des Zentralkomitees der → SED und Staatsratsvorsitzender der → DDR. Nach der Wende musste er von seinen Ämtern zurücktreten, wurde in der Bundesrepublik vorübergehend inhaftiert und wegen des Schießbefehls an der Berliner Mauer und der innerdeutschen Grenze vor Gericht gestellt. Im Januar 1993 wurde der Haftbefehl gegen Honecker aufgrund seines schlechten Gesundheitszustandes aufgehoben und seine Ausreise nach Santiago de Chile genehmigt, wo er wenig später seinem Krebsleiden erlag.

KPD   Die Kommunistische Partei Deutschlands (KPD) wurde am 1. Januar 1919 mit dem Ziel gegründet, die Revolution in Deutschland nach dem sowjetischen Vorbild herbeizuführen. 1925 wurde → Ernst Thälmann Vorsitzender der KPD. In der → Sowjetischen Besatzungszone Deutschlands wurde die KPD 1946 mit der SPD zur → SED zwangsvereinigt. In der Bundesrepublik wurde die KPD 1956 verboten.

GÜNTER SCHABOWSKI Ostdeutscher Politiker (1929–2015); ehemaliger SED-Funktionär und Mitglied des Politbüros des Zentralkomitees der → SED in der → DDR. Er kündigte am Abend des 9. November 1989 auf einer internationalen Pressekonferenz, die live im DDR-Fernsehen übertragen wurde, eine neue Reiseregelung an, die den DDR-Bürgern die Ausreise nach Westberlin und in die Bundesrepublik ohne Angabe von Gründen gestattete. Obwohl die Regelung erst am Folgetag in Kraft treten sollte, führte diese Ankündigung bereits am selben Abend zur

Maueröffnung, da Tausende Berliner zu den Grenzübergangsstellen strömten und deren sofortige Öffnung verlangten. Der Ostberliner Grenzübergang Bornholmer Straße wurde zuerst geöffnet, danach die übrigen Grenzübergänge in und um Berlin. Kurz nach Mitternacht kam es dann zu weiteren Öffnungen an der innerdeutschen Grenze zur Bundesrepublik.

SED   Die Sozialistische Einheitspartei Deutschland (SED) entstand 1946 in der → sowjetischen Besatzungszone Deutschlands durch die Zwangsvereinigung von SPD und → KPD. Die SED regierte die → DDR in einer Parteidiktatur von 1949 bis zum Fall der Mauer 1989.

SOWJETUNION   Die Union der Sozialistischen Sowjetrepubliken (kurz UdSSR, Sowjetunion oder SU), gegründet 1922, war ein zentralistisch regierter Einparteienstaat unter der Führung Russlands in Osteuropa, dem Kaukasus sowie Nord- und Zentralasien. Der Staat wurde von der Kommunistischen Partei der Sowjetunion von deren Machtzentrale im Moskauer Kreml aus nach kommunistischen Wertvorstellungen diktatorisch geführt. Den vielen unterschiedlichen Nationalitäten, Volksgruppen und Kulturen der einzelnen Teilstaaten wurden weitgehend russische Sprache und Kultur aufgezwungen, sie wurden russifiziert. Als erster und größter sozialistischer Staat stieg die Sowjetunion nach dem Zweiten Weltkrieg neben den USA zur Supermacht und zu deren weltpolitischem Gegenspieler auf. Innere Spannungen und zunehmende wirtschaftliche Probleme führten 1991 zum Zerfall des Riesenreichs. Die Rechtsnachfolge der Sowjetunion in internationalen Organisationen wird seither von der Russischen Föderation wahrgenommen.

STASI Das Ministerium für Staatssicherheit (»Stasi«) war der Geheimdienst der → DDR und zugleich die Ermittlungsbehörde für politische Straftaten. Die Stasi überwachte sowohl die Bürger der DDR als auch potenzielle Regimekritiker aus dem Ausland. Sie war bekannt für ihre rigiden Abhörmethoden und das Anlegen der sogenannten Stasi-Akten, in denen intime Details über das Leben der überwachten Bürger und ihre politische Gesinnung festgehalten wurden.

ERNST THÄLMANN (1886–1944) war von 1925 bis 1933 Vorsitzender der → KPD. Er wurde 1933 inhaftiert und 1944 von den Nationalsozialisten im Konzentrationslager Buchenwald erschossen. In der → DDR galt Thälmann als politisches Idol, nach ihm wurden zahlreiche Straßen, Plätze, Schulen und Orte benannt. Auch die politische Massenorganisation für Schulkinder in der → DDR, gegründet 1948, hieß nach ihm »Pionierorganisation Ernst Thälmann«. Sie wurde nach der politischen Wende in der → DDR im August 1990 aufgelöst.

SOWJETISCHE BESATZUNGSZONE (SBZ) Eine der vier Zonen, in die Deutschland 1945 entsprechend dem Potsdamer Abkommen von den vier alliierten Siegermächten aufgeteilt wurde. Das Kürzel SBZ wurde während der Phase des Kalten Krieges in der Bundesrepublik Deutschland meistens anstelle des Kürzels → DDR benutzt, da man den neu gegründeten ostdeutschen Staat nicht offiziell anerkennen wollte. Entsprechend wurde auch von der »sogenannten DDR«, von »Sowjetdeutschland«, der »Sowjetzone«, »Ostzone« oder einfach der »Zone« gesprochen.

INHALT

DIE AUTORIN Nina Petrick wurde 1965 in Berlin geboren. Sie studierte Germanistik und Kunstgeschichte. Seit 1992 schrieb sie Kurzgeschichten, später Kinder- und Jugendbücher. Für ihren ersten Roman *Die Regentrinkerin* erhielt sie 1997 den Peter-Härtling-Preis. Seither arbeitet sie als freie Autorin für verschiedene Verlage, die Kinderzeitschrift *Gecko* und den Rundfunk (rbb und Deutschlandradio). Sie lebt mit ihrem Mann und ihrer Tochter in Berlin. Mehr auf www.nina-petrick.de

DIE ILLUSTRATORIN Ute Krause, geboren 1960 in Berlin, aufgewachsen in der Türkei, in Nigeria, auf Zypern und in Indien, verbrachte viele Jahre in den USA und lebt derzeit mit ihrer Familie in Berlin. Sie studierte Visuelle Kommunikation in Berlin, wechselte als Fulbright-Stipendiatin nach New York und an die Münchener Filmhochschule. Zu ihren vielseitigen Arbeiten gehören Kurz- und Dokumentarfilme, Cartoons und Drehbücher. Seit 1985 hat sie 16 Bilderbücher veröffentlicht, bislang vier Kinderromane geschrieben und über 400 Bilder- und Kinderbücher illustriert. Ihre Bücher wurden weltweit in viele Sprachen übersetzt und fürs Fernsehen verfilmt. Ihre Arbeit wurde mehrfach ausgezeichnet.

Mein Dank geht an Alexander v. Lieven, Helma und Wolfgang Petrick, Franz Stintz, Tanja Dückers, Susanne Fülscher, Birgit Patzelt und Eva Jaeschke.

Mein großes Dankeschön für die Vermittlung an Uli Störiko-Blume und für die wunderbare Unterstützung an Dr. Karl-Heinz Hartmann.

Nina Petrick

1. Auflage 2019
© 2019 Büchergilde Gutenberg Verlagsgesellschaft mbH,
Frankfurt am Main, Wien und Zürich
Text: Nina Petrick
Illustrationen (Einband und Innenteil): Ute Krause
Alle Rechte vorbehalten
Die Erstausgabe erschien 2009 im Tulipan Verlag, Berlin
Druck und Bindung: CPI-books, Leck
Printed in Germany
ISBN 978-3-7632-7139-9

Büchergilde Gutenberg, Stuttgarter Straße 25–29,
60329 Frankfurt am Main, Tel 069-273908-0, service@buechergilde.de,
www.buechergilde.de, Facebook: Büchergilde, Instagram: buechergilde